长安诗选

追光动画 | 韩潇 ——— 著

中信出版集团|北京

图书在版编目（CIP）数据

长安诗选 / 追光动画，韩潇著. -- 北京：中信出版社，2023.7（2023.7 重印）
ISBN 978-7-5217-5808-5

Ⅰ.①长… Ⅱ.①追…②韩… Ⅲ.①唐诗－诗歌欣赏 Ⅳ.①I207.227.42

中国国家版本馆 CIP 数据核字（2023）第 111036 号

长安诗选

著　　者：追光动画　韩潇
出版发行：中信出版集团股份有限公司
（北京市朝阳区东三环北路 27 号嘉铭中心　邮编 100020）
承 印 者：雅迪云印（天津）科技有限公司

开　　本：880mm×1230mm　1/32　　印　张：7　　字　数：127千字
版　　次：2023年7月第1版　　　　　印　次：2023年7月第4次印刷
书　　号：ISBN 978-7-5217-5808-5
定　　价：59.00元

版权所有·侵权必究
如有印刷、装订问题，本公司负责调换。
服务热线：400-600-8099
投稿邮箱：author@citicpub.com

序一

《长安三万里》,一个气势宏大、震撼人心的片名!

唐代诗人中,谁的笔下出现过"三万里"?宋之问诗"帝乡三万里",孟浩然诗"胡地迢迢三万里",乔备诗"沙场三万里",说的是地面距离;李商隐诗"八骏日行三万里",说的是仙界的距离;唐彦谦诗"鹏程三万里",比喻人的前程远大;李洞诗"唐封三万里",赞美唐王朝的国土辽阔。而眼前这个片名《长安三万里》的含义是什么?它是一幅历史画卷,是盛唐时代的历史画卷。

影片中有繁华市井,有壮美山河,有万马奔腾的战场,有笙歌鼎沸的华宴,甚至有"万井惊画出,九衢如弦直"的长安城坊全景,但影片中历史画卷展开的主线,却是盛唐时代孕育的两位诗人——高适和李白。

高适和李白是志同道合的亲密朋友,他们都有建功立业、报效国家的宏伟抱负,他们在人生道路上都经历了艰难困苦。高适五十岁前曾为陇亩民,"兔苑为农岁不登,雁池垂钓心长苦"。李白在求仕之路上曾面临"欲渡黄河冰塞川,将登太行雪满山"的困境。但是,他们奋斗的结局却有天壤之别。高适在安史之乱的时代大变局中应时而起,成为朝廷重臣,担任过淮南节度使,影片开头在茫茫雪岭中重现的,是高适在剑南西川节度使任上与吐蕃的战争场面。李白虽然有过奉诏入侍翰林的一时荣耀,但在安史之乱中误入永王军幕,遭遇了长流夜郎的不幸。高适和李白都是"士子",即读书人,"士子"的命运往往折射着一个时代的变迁,高适是成功的英雄,李白是失败的英雄,他们共同书写了盛唐的历史。好在李白流放途中遇赦,高歌"千里江陵一日还",才使观众为他松了一口气。

可以告慰后世读者的,是李白蒙受的冤屈在他身后得到洗雪,唐代宗即位即为永王平反,李白去世不久就被朝廷任命为左拾遗,虽然这任命晚了一步。然而,李白会在乎"左拾遗"这个官位吗?他有"诗仙"的千古美名就够了!高适不朽,李白不朽,他们的名字永远彪炳于盛唐的史册。

薛天纬

中国唐代文学学会顾问、中国李白研究会前会长

序二　诗梦长安三万里

在数字化时代，跨越三万里，穿过千年，回首长安，怀想盛唐壮阔波澜，遥慕诗坛气象万千，请问谁最引人瞩目、动人心弦？我首选李白！"天生我才"的李白，"长风破浪会有时"的李白，"黄河之水天上来"的李白，"人生得意须尽欢"的李白。李白的诗歌体现了盛唐的精神风貌，饱满的青春热情，争取解放的蓬勃精神，积极乐观的理想展望，强烈的个性色彩，谱就了中国诗歌史上最富有朝气的旋律。

大唐三百年，缔造中国诗歌史上的黄金时代，李白一向被视为黄金时代的最佳代言。李白是时代的骄子，是盛世的歌手，更是享有世界声誉的中国大诗人。虽然一代诗豪白居易寻访李白墓地，曾感叹"但是诗人多薄命，就中沦落不过君"，但历史是公正的，"文采承殊渥，流传必绝伦"！在中国诗歌史上，李白已如星悬日揭，照耀太虚，色相莫求，高华难并。诚可谓：

诗中无敌，文坛称仙，才气何止笼一代；殿上脱靴，江头披锦，狂名更堪占千秋。

在中国，李白就是诗歌的代名词，恰如唐诗是中国诗歌的天花板，恰如长安是盛唐的中心。要深入了解李白，不能选择同龄人王维的视角——道不同不相为谋；也不宜采用比他小近12岁的杜甫的视角——"迷弟"的仰视角度不够客观。只有同龄人高适的视角，才最为合适。二人都是广为人知的大诗人，人生轨迹有很多相互交叉之处，还惺惺相惜。用《杜诗详注》作者仇兆鳌的话说，可谓"千古文章知己"，借用杜甫称誉高适的话说，就是"当代论才子，如公复几人"？移用来表述高适与李白的知音之交，也再恰当不过了。

高达夫与李太白，虽然出身、个性等方面有诸多差异，但在人生设计方面，却多有暗同之处。二人都心高志大，自负自信，喜言王霸大略，皆寄希望于君臣遇合，一飞冲天，而耻预常科，不愿走一般士人科举入仕的常道。这应该说，是空前隆盛的盛唐所赋予的，是时代性格和精神风貌的一种表现，此前没有，此后亦无。有感于此，追光动画推出的《长安三万里》，以高适眼中的李白为选题，可谓慧眼独具，注定会有戏剧张力。从分量上看，高适甚至可以视为第一主角，较一般选择李白为男一号的剧本大不相同，因此很有吸引力。极有看头的几段唐诗故事，也表现得十分精彩，视点人物写作手法的运用，可以说恰到好处，不着痕迹地巧妙带上了王维、杜甫等同代大诗人，生动刻画出层次丰满、精彩绚烂的大唐诗坛风貌。

如今，剧本阅后已近两年，几经打磨的样片也看过两遍。与之配合的《长安诗选》书稿，经过两次修改，也即将付梓。就在从开封梁园去往四川眉山的路上，接到为此书作序的任务。任务急，时间紧，虽无倚马可待之才，但责无旁贷，于是迅速入梦，入梦长安三万里，回首盛唐风云中。按理，书不二序，但考虑到昔日梁园风云际会，吹台之上，是三个人的戏份，因此才有后来"忆与高李辈，论交入酒垆"的深情回忆，以及"昔者与高李，晚登单父台"的无限怀思，也就不必拘泥旧理了。

不妨以长江中游边上的三游洞作比，既有同辈的前三游（白居易、白行简、元稹），也有两代人的后三游（苏洵、苏轼、苏辙之三苏父子），遥想昔贤三游处，欲书盛事忆当年。后之视今，亦如今之视昔。正如闻一多说过的，千年前的昔贤，我们听过他们的名字，生平梗概仿佛也知道一点儿，但是容貌、声音、性情、思想，心灵中的种种隐秘——欢乐和悲哀，神圣的企望，庄严的愤慨，以及可笑亦复可爱的弱点或怪癖，却全是茫然。我们要追念，追念的对象在哪里？要仰慕，仰慕的目标是什么？要崇拜，向谁施礼？假如我们是肖子肖孙，我们该怎样的悲恸，怎样的心焦！

这样令人心焦的问题，今天终于有了答案。以动画再现诗唐，再现高李辈的诗意风光，再现他们神圣的企望，重温那些诗坛上可信可敬、可爱可亲、可歌可笑的现场，恰如以影话配合解读，我相信，一定会帮助读者，辅助观众，走近大唐，走进名垂万代的高适、李白、杜甫的心灵世界和诗意现场。灵机已经触发，弦音已经校准，就等待着轻拢慢捻，等待着重挑急抹，只需信手弹去，必是千古绝调。三通画角之后，三通擂鼓之后，笔已经提起，金墨已经蘸饱，且随之欣赏那"气酣登吹台，怀古视平芜"的高会，玩味"痛饮狂歌空度日，飞扬跋扈为谁雄"的癫狂，静品"青天里太阳和月亮走碰了头"那大唐精彩的传奇时光。

感谢高适！

感谢李白！

感谢杜甫！

陈才智

中国社会科学院文学研究所研究员、

中国社会科学院大学教授、中国王维研究会会长

目录

第一章

诗话长安

19首诗看懂《长安三万里》

别董大二首（其一）/ 003

黄鸟 / 008

扶风豪士歌 / 012

采莲曲 / 017

题玉泉溪 / 021

宋中十首（其一）/ 024

燕歌行 / 027

忆旧游寄谯郡元参军 / 034

别鲁颂 / 038

别刘大校书 / 041

前有樽酒行二首（其二）/ 044

侠客行 / 047

拟古十二首（其九）/ 051

赠汪伦 / 054

哥舒歌 / 057

子夜吴歌·秋歌 / 060

别韦参军 / 063

单父东楼秋夜送族弟沈之秦 / 066

送陆判官往琵琶峡 / 070

第二章

谪仙风华

11首诗穿越"诗仙"的一生

上李邕 / 089

白纻辞三首（其二）/ 095

寄远十二首（其四）/ 098

静夜思 / 101

黄鹤楼送孟浩然之广陵 / 105

行路难三首（其一）/ 109

南陵别儿童入京 / 113

梦游天姥吟留别 / 116

将进酒 / 123

永王东巡歌十一首（选三）/ 130

早发白帝城 / 135

[第三章]

盛唐群星

12首诗漫步"盛唐文化宇宙"

望岳 / 151

相思 / 156

陇头吟 / 160

过故人庄 / 163

春晓 / 166

出塞二首(其一) / 169

代扶风主人答 / 172

白雪歌送武判官归京 / 176

登鹳雀楼 / 180

黄鹤楼 / 184

落第长安 / 188

采莲曲 / 191

后记 / 207

附录 / 210

第一章

诗话长安

19 首诗看懂《长安三万里》

别董大二首(其一)

高适

千里黄云白日曛,北风吹雁雪纷纷。
莫愁前路无知己,天下谁人不识君?

> 莫愁前路无知己,天下谁人不识君。

解读

高适,字达夫,渤海蓨(今河北景县)人,后移居宋中(今河南商丘一带),盛唐著名的边塞诗人,有《高常侍集》传世,今存诗250余首,内容以展现边塞生活、表达政治讽喻、反映民生疾苦和抒发个人志趣为主,代表作有《燕歌行》《蓟门行五首》《封丘作》《塞下曲》《宋中十首》《别董大》等。

《河岳英灵集》评价高适:"评事性拓落,不拘小节,耻预常科,隐迹博徒,才名自远。然适诗多胸臆语,兼有气骨,故朝野通赏其文。至如《燕歌行》等篇甚有奇句。"从中我们大致可以得出以下认识:高适其人,个性率真洒脱、耿直坦荡,建立在这样人格上的诗风也就显得质朴真诚、直抒胸臆、慷慨激昂、气势过人。

高适在盛唐诗人中还有一个突出的特点:他是盛唐大诗人中官做得较大的一个!高适官终刑部侍郎、散骑常侍,封渤海县侯,死后追赠礼部尚书,其仕途可以说是非常成功!《旧唐书》评价说:"有唐已来,诗人之达者,唯适而已。"但这其实主要都是他后期的成就,与人生后半场的飞黄腾达相比,高适的中青年时代却是非常坎坷的:他出身名门却家道中落,多年苦读却收效甚微,科举中第却沉沦下僚,后来三度出塞,才终于在边疆建功立业。

这首《别董大》是高适的代表作之一,被选入了多个版本的小学语文教材。题目中的董大,名叫董庭兰,因在家中排行老大,故称"董大"。这是唐人的一种习惯,按照一个人在家族同辈子侄中的排行来称呼对方,比如杜甫叫"杜二",李白叫"李十二",岑参叫"岑二十七",高适叫"高三十五"。

这位董大除了是高适的朋友，还有两重身份，一是名臣房琯的门客，二是天下知名的琴师。唐人崔珏有诗赞之："七条弦上五音寒，此艺知音自古难。惟有河南房次律，始终怜得董庭兰。"（《席间咏琴客》）此诗既写出了董大琴艺高超，也反映了他备受房琯信赖。也正因为他与房琯关系密切，天宝五载（746年）房琯被贬官，董大也就随之被迫离开长安，辗转漂泊四海，行至高适隐居的宋中，于是有了这场送别。

"千里黄云白日曛，北风吹雁雪纷纷"，开篇的两句是环境描写，同时渲染了离情别绪：落日黄昏，历来是行人动身的时刻，遥望前路的天地之间，千里暮云凝聚，一如离人心头的愁云，暗暗沉沉；北风又送来阵阵寒意，纷纷雪落也不能留人，只有一行征雁顶着风雪远去，将与它们一样漂泊浪迹的，还有此刻的远行之人。

自古以来，人们都厌恶分离，甚至恐惧分离，尤其在交通和通信都不发达的古代，两个人一旦在苍茫天地间踏上歧路，就不知道何时才能重聚。所以有了王维的"劝君更尽一杯酒，西出阳关无故人"（《送元二使安西》），有了李白的"此地一为别，孤蓬万里征"（《送友人》），有了杜甫的"人生不相见，动如参与商"（《赠卫八处士》）。

对于此时的高适和董大而言，眼前的分别，不是不痛苦、不失落，茫茫的前路，也不是不曲折、不艰难，未知的风景，更谈不上多精彩、多开阔。然而在这首诗中，高适却没有像大多数人一样为前路无伴侣而忧虑，为知己难再得而叹息，他劝慰董大说："莫愁前路无知己，天下谁人不识君！"

既然分离之苦已成必然，远行之艰不可扭转，前路风景无从企盼，但只要两人还能心意相通、互相挂念，就足以让孤独漂泊的人舒展愁颜。只要以开放的胸襟和真诚的感情去拥抱每一次未知的相遇，就一定能重获知己的陪伴。正如王勃诗中所说"海内存知己，天涯若比邻"（《送杜少府之任蜀州》），心灵世界的互融互通，足以消解物理空间的阻隔。

这首《别董大》是《长安三万里》影片中出现的第一首诗。这首诗之所以能够出现在这样重要的位置，很大程度上是因为它表现的诗境和传达的思想情感，与影片尤为契合。

影片中，高适面对程监军对于李白近况的逼问，以这首《别董大》开启了对这段诗坛传奇的回忆：大唐的江山与时代，极盛极衰、星移斗转，何尝不是"千里黄云白日曛"；盛唐一代诗人们，乘时而动，逆流而上，何尝不是"北风吹雁雪纷纷"；这当中，李白尤为个性鲜明而复杂，命运坎坷而多元，不正应了那句"莫愁前路无知己，天下谁人不识君"吗？

也正因此刻提出与强调"知己"二字，这部以高适的视角讲述李白及其时代的电影，才有了根与魂：高适是李白同时空的"知己"，故而由他讲起李白的故事，能让人信服、令人感动。而当我们被这些故事打动，为这些灵魂所倾倒，我们也就成了他们异时空的"知己"，从而获得一种精神的认同和情感的共鸣。

> 彼苍者天,
> 歼我良人!

黄鸟

佚名

交交黄鸟,止于棘。谁从穆公?子车奄息。维此奄息,百夫之特。临其穴,惴惴其栗。彼苍者天,歼我良人!如可赎兮,人百其身!

交交黄鸟,止于桑。谁从穆公?子车仲行。维此仲行,百夫之防。临其穴,惴惴其栗。彼苍者天,歼我良人!如可赎兮,人百其身!

交交黄鸟,止于楚。谁从穆公?子车鍼虎。维此鍼虎,百夫之御。临其穴,惴惴其栗。彼苍者天,歼我良人!如可赎兮,人百其身!

这首诗歌出自《诗经》十五国风中的《秦风》，作于春秋中期。

"春秋五霸"之一的秦穆公去世之后，秦国按照当时的礼仪制度，将奄息、仲行、鍼虎三位良才殉葬，引发了秦人的同情、惋惜、哀叹与愤怒，故而创作这首《黄鸟》，以表达对"三良"的悼念和对人殉制度的不满。这首作品本质上就是一首悼亡诗。

开篇"交交黄鸟，止于棘"，运用了起兴的手法。其中的"黄鸟"即黄雀，在诗歌中常常以弱小、孤单、受人网罗的形象出现，象征着被害者的形象，比如曹植就写过一首名为《野田黄雀行》的诗，表现对朋友遭受政治迫害的同情；"交交"是黄鸟悲鸣之声，据说十分凄厉，听起来仿佛也在为逝者哀悼；"棘"是一种树，枝上多刺，果小味酸，且与"急"谐音，暗指黄鸟叫声的急迫。所以，整句诗的意思就是：黄鸟止于棘木，发出声声哀鸣。这既是通过鸟雀悲鸣的环境描写渲染哀伤情绪，也暗含着斯人离去得过于仓促之意，饱含着浓浓悲情和哀思。

于是，顺着"黄鸟止于棘木悲鸣"所生发的浓浓哀思，接下来的"谁从穆公？子车奄息。维此奄息，百夫之特"四句，就直接点明了诗歌创作的背景，是悼念奄息这样一位百里挑一的人中之英杰，不得不为秦穆公殉葬而死。《诗经》讲究"一唱三叹"，下面两段当中的"子车仲行""子车鍼虎"与这一段意思相同，是对另两位贤良的哀悼，就不赘述了。

"临其穴，惴惴其栗"写人们来到"三良"殉葬的大坑，无不心惊胆战。可以想见，这份战栗当中，有对"三良"的惋惜，也有对落后的殉葬制度的痛恨！于是，人们的情绪在下一句中终于爆发："彼苍者天，歼我良人"。这是直白的呐喊、质问与宣泄——"我那看着清明却不睁眼的老天爷啊！为何要让这么好的一个人死去呢！"

诗歌的最后，人们不禁发愿："如可赎兮，人百其身！"这是对逝去的人才极大的叹惋与怀念，如果可以的话，愿意以我们百人之命，换"三良"复生，因为他们承载着大秦的希望啊！

整首诗饱含惋惜之情，满怀哀悼之意，兼有对命运多舛、世事无常和制度腐朽的不平与激愤，在《诗经》与古代悼亡诗中都是独树一帜的作品。

《长安三万里》影片中引用了《黄鸟》中起兴的两句——"交交黄鸟，止于棘"，以及情感最为激烈的两句——"彼苍者天，歼我良人"，应用于李白安葬、悼念朋友的场景中，体现出李白仗义、豪爽的人格，澎湃、张扬的情感，以及对于天道、人生的感慨与思考。

影片中所呈现的这段埋葬好友的情节，其实也是李白的真实经历。他与同乡吴指南一同离家漫游，后者却卒于途中，李白先将其葬于洞庭湖畔，后来又将其尸骨剔下装殓，带在身边，遵循友人的遗愿，迁葬于鄂城东。

这一行为如今看起来多少有些另类和可怕，但却像诗句中表现的一样，反映了李白的豪侠仗义、大气洒脱，体现了李白对友人的真挚感情、一诺千金，而这不正是高适心目中"知己"应有的品质吗？同时，李白那种气冲云霄、搏击命运的情怀与境界，也在这两句慨叹中，展现得淋漓尽致。

> 脱吾帽,向君笑;饮君酒,为君吟。

扶风豪士歌

李白

洛阳三月飞胡沙,洛阳城中人怨嗟。
天津流水波赤血,白骨相撑如乱麻。
我亦东奔向吴国,浮云四塞道路赊。
东方日出啼早鸦,城门人开扫落花。
梧桐杨柳拂金井,来醉扶风豪士家。
扶风豪士天下奇,意气相倾山可移。
作人不倚将军势,饮酒岂顾尚书期。
雕盘绮食会众客,吴歌赵舞香风吹。
原尝春陵六国时,开心写意君所知。
堂中各有三千士,明日报恩知是谁?
抚长剑,一扬眉,清水白石何离离。
脱吾帽,向君笑;饮君酒,为君吟。
张良未逐赤松去,桥边黄石知我心。

这首诗作于安史之乱爆发之后，李白避乱江淮之际，借歌颂"扶风豪士"这样一个形象，呼唤时代英杰的涌现，以期能够扭转江河日下、天地崩塌的大唐时局。当然，能与"扶风豪士"对饮高歌的李白，自然也是这时代英杰中的一位。

开篇四句交代了中原动荡的大背景：三月的东都洛阳，满是叛军战马奔驰扬起的风沙，城中百姓处在严酷而恐怖的"白色统治"之下。昔日酒肆林立、酒旗招展的天津桥下，无辜黎民的鲜血已经染红了洛水，曾经火树银花、繁华无二的洛阳街头，尸骸相枕藉，累累白骨相支撑。作为中国历史上最动荡、残酷的战乱之一，安史之乱带给盛世和黎民的伤害，于此可见。

面对天下的动乱，李白当然不会无动于衷，他漫游河北，深入虎穴，最早感知了安禄山的不臣之心，只可惜当他将这一切禀报朝廷后，并没有引起统治者的重视，因而李白也只能选择独善其身，满怀悲愤与不甘，去往江淮躲避战乱。

就在李白对家国的前景和黎民的生计深深担忧之际，他遇到了这位"扶风豪士"，这就如同夜半三更迎朝阳，寒冬腊月得春光。从"东方日出啼早鸦"到"吴歌赵舞香风吹"十句，写的是"扶风豪士"在家中招待李白饮宴的情景，展现了二人的一见如故、意气相投。

从乱世中的"三月胡沙""浮云四塞",到相逢后的"东方日出""山岳可移",李白的心情之所以变得明朗,不仅仅是因为结识了"相逢意气为君饮"(王维《少年行》)的好友,更是看到了"安得壮士挽天河"(杜甫《洗兵马》)的希望!他回想战国的平原君、孟尝君、春申君、信陵君,他们都以善养士而知名,可是在李白眼中,他们的满座宾客,也比不过这样一位敢担天下大任的"扶风豪士"!

终于,越聊越投缘的李白与"扶风豪士",在清江水畔的白石滩上,飞扬眉宇,拔剑而舞,脱帽露顶,放声大笑,一杯酒方下肚,一首歌又出口!歌中唱的是张良与黄石公结交的故事。张良是"汉初三杰"之一,是"运筹帷幄之中,决胜千里之外"的奇才,而相传他的本事来源于一位叫作黄石公的世外高人,后者被张良的态度打动,方才倾囊相授。

李白感于"扶风豪士"的豪爽,故而与他脱帽舞剑,以"清水白石"写照赤诚的交谊;李白倾慕"扶风豪士"的大节,故而为他饮酒作歌,以"张良黄石"称颂其济世的高义!从李白对"扶风豪士"的倾诉和赞美中,我们也不难看出,那个理想的自己隐隐浮现在李白的眼前!

在《长安三万里》影片中,将这首诗放在李白与高适黄鹤楼分别之时,李白吟诵着"抚长剑,一扬眉,清水白石何离离。脱吾帽,向君笑;饮君酒,为君吟"这几句,乘船翩然而去。主要是因为这几句尤为应景,使得这一情节再度强化了二人"青春知己"的设定。

李白与高适这两位诗人,无论是真实的历史形象,还是影片中塑造出的艺术形象,其实在性格上都有不小的差别。高适正统端庄,稳重近乎木讷;李白逍遥随性,豪放略显癫狂——形成了很直观的视觉反差。但同时,这种外在反差背后却蕴含着相同的精神特质,那就是进取的时代精神、涌动的青春气息,这也是二人能成为知己的根本原因。

而"抚长剑,一扬眉,清水白石何离离"三句,在片中正是这种进取的时代精神、涌动的青春气息极佳的注脚:尽管干谒不被人接纳,尽管写诗不被人认可,但眼前的这些挫折都不算什么,我们总会长剑一挥,我们终有扬眉吐气之时,那时一切成就就会如同清水中的白石一样,分明可见!这是对彼此的壮志和才华的高度自信!

"脱吾帽,向君笑;饮君酒,为君吟"则写出了知己之间的豪放爽朗:尽管面临分别,尽管不知前路如何,但一定要把最美的记忆留给彼此——脱帽露顶、杯酒下肚,这是友谊的爽朗；仰天大笑、放声而歌，这是人生的豪迈！

一对"俱怀逸兴""胸有韬略"的"青年知己"在此刻分别，并将书写各自精彩的人生篇章。

采莲曲

李白

若耶溪旁采莲女,笑隔荷花共人语。
日照新妆水底明,风飘香袂空中举。
岸上谁家游冶郎,三三五五映垂杨。
紫骝嘶入落花去,见此踟蹰空断肠。

开元十三年(725年)前后,在四川老家学有所成的李白决意"仗剑去国,辞亲远游",开启了自己的青春漫游生活,从"长江头"的巴蜀天府一路游历到了"长江尾"的吴越水乡。他一路上处处行歌,创作了大量的名篇佳作,我们熟知的包括《峨眉山月歌》《渡荆门送别》《望庐山瀑布》《望天门山》《长干行》等等。这首作品,就是青春正当年的李白,在梦幻无可比的开元十五年(727年)前后,来到吴侬软语温柔乡的江南佳丽地,碰撞出的一首极具浪漫色彩的佳作。

《采莲曲》的题目和整首诗的意境,均脱胎于南朝乐府民歌中的代表作《西洲曲》。《西洲曲》以清新的意趣、纯净的境界、真挚的情感、流转的声韵为历代读者称道,其中"采莲南塘秋,莲花过人头。低头弄莲子,莲子清如水"四句更是被誉为千古绝唱。而李白的这首诗则在《西洲曲》这一名篇的基础上,融入了更具个人特色和青春气息的书写。

"若耶溪"位于绍兴境内,相传古时有七十二条支流,水系繁茂,又依托群山,极具诗情画意,水中长满了荷花和莲藕,无数的碧绿荷叶更增添了山水的清丽。就在这样的美景之中,一位佳人正在采拾莲子,在荷花的掩映下,与人言笑晏晏,此景尽显朦胧之美:太阳照耀在澄明的溪水上,溪水映出她那迷人的红妆,她轻轻挽起的衣袖,在和风吹拂之下飘摆,散发出淡淡的清香。这时,岸上的青年嬉游而过,三五成群,在垂杨中追逐嬉戏,不一会儿便骑着快马消失在落花中。只留下诗人望着他们远去的背影,踟蹰断肠。

诗中的采莲女明艳活泼、落落大方,宛如清水芙蓉,天然清雅,姿态宛然,清新脱俗;游冶郎也显得意气风发,洒脱豪放。唯有诗人自己，看见这般景象，因为孤单落寞、因为心生羡慕，而痛断肝肠。对于美好爱情的向往，人尽有之，何况是正当青春的浪漫诗仙呢。

《长安三万里》影片中，这首《采莲曲》出现在岐王府中，入京献艺的琵琶女弹唱了这首作品，令高适无比动容。转日，他们又在长安的街上相遇，一问方才得知是李白的作品。

通过女子婉转动情的弹唱和婀娜纤美的舞姿，诗中"笑隔荷花共人语。日照新妆水底明，风飘香袂空中举"的形象显得活灵活现。高适惊叹于"若耶溪旁采莲女"的动人倩影，更折服于李白的绝妙文辞，不禁"见此踟蹰空断肠"！

关于岐王府中的宴会，这里多说两句。岐王李范是唐玄宗的弟弟，以雅好文艺著称；座上嘉宾玉真公主则是玄宗的胞妹，尤善举荐文人才士入朝。所以大家在影片中看到，形形色色的有才之士，都想在岐王府的宴会上大展身手，博得岐王和玉真公主的赏识。当然，高适"用力过猛"，所以失败了，而王维则被公主青眼相加，得以平步青云。

说回这首《采莲曲》在片中的作用，主要有三个：一是侧面交代了李白此刻的行迹，沉浸在吴越温柔乡里；二是反映出李白的诗歌已经初有所成,足以流传入京,引人称赞;三是体现出高适和李白天生的知己情缘,高适对李白作品由衷的喜欢。

  而这三个目的又同时引向了一个结局,那就是长安献艺失败的高适,终于该去扬州赴李白的一年之约了。

题玉泉溪

湘驿女子

红树醉秋色,碧溪弹夜弦。
佳期不可再,风雨杳如年。

> 佳期不可再,风雨杳如年。

　　这首诗原是湘中驿站一女子所吟诵,不知其人姓甚名谁,更不详其身世经历,但从诗句表现的内容与情境来看,此诗带有浓浓的忧伤气息。

　　"红树醉秋色,碧溪弹夜弦"本是非常安闲美好的景象——前句有如杜牧的"停车坐爱枫林晚,霜叶红于二月花"(《山行》),漫山红枫惹人沉醉,以致流连忘返;后句有如孟浩然"之子期宿来,孤琴候萝径"(《宿业师山房待丁大不至》),琴声悠悠通于天地,足以令人忘怀得失。

然而,对于失意之人而言,面对层林尽染的枫叶,看到的不是火一般的炽烈,而是秋的肃杀凋零;弹起声声入扣的琴筝,感受到的不是宫商起伏的美妙,而是夜的孤独凄凉。

正如这样的美景终不能常有,几经风雨的摧残,红叶、秋色、碧溪和那弹弦的心境均会一去不返,只剩下叹息,令人度日如年,所谓"佳期不可再,风雨杳如年"!这首诗总体上表达的是一种昔盛今衰、年华流逝的伤感。

《长安三万里》影片中,高适看不惯李白在扬州的放浪形骸、蹉跎岁月,劝他振奋精神、建功报国,引来裴十二的不满,二人展开了一场"裴家剑"对"高家枪"的对决。最终,高适落败,裴十二也显明了自己的女儿身,并感慨地念出这首诗。

片中对诗歌进行了微小改编,将首句的"红树醉秋色"改为"梨花醉春色",以迎合剧情中的江南春夜的时令。

这首诗从"剑圣"裴旻家的女公子口中说出,为诗中原本的忧伤增添了更为确切的背景:裴旻修习一身武艺,半生功勋卓著,到头来却受人排挤,赋闲在家,空以剑舞知名;

裴十二自幼读书习武，深得父亲真传，在一众儿孙中独占鳌头，到成年时，却只因是女儿身，无处用武，只得在诗酒中放浪形骸。这样的设计和演绎，让原诗中昔盛今衰、年华流逝的伤感更加真切、具体了。

原本因比武落败而不甘，不愿相信现实的高适，在听完这首诗、了解了裴十二的无奈之后，却突然释怀了。他认识到了人生中太多的事本非强力所能致，无论年少读书的障碍，还是岐王府献艺的失利，都不该太过执着，因为这些就像李白"商人之子"的身份一样，大多源于天命、时运，非一己之力可以转移，也许像李白一样，在接受命运现实的基础上，寻找和期待机遇，也是让理想照耀人生的一个解法。

片中的高适也因此突然不再口吃了，这仿佛是与曾经那个过于执着、过于拘谨的自己告别，但他还是要回到家中去为了理想奋斗，毕竟比起逍遥浪迹，多一些准备，也就能在时运降临之际多一分胜算。

临别时李白赠言："大鹏终有直击云天的一日。"这既是对知己的美好期许，也是对彼此前景的最佳展望。

> 寂寞向秋草,
> 悲风千里来。

宋中十首(其一)

高适

梁王昔全盛,宾客复多才。
悠悠一千年,陈迹唯高台。
寂寞向秋草,悲风千里来。

解读

《宋中十首》是高适的代表作之一,"宋中"是今河南商丘一带,因是春秋时期宋国故地而得名,高适青年时代长期寓居于此,躬耕苦读。

高适之所以选择宋中寓居,一方面,可能因为这里地处中原,临近长安、洛阳,又与自己的家乡渤海不算太远,对高适而言可以进退自如。另一方面,则可能是看中了这里深厚的文化底蕴。宋中曾是汉代梁孝王故园所在。梁孝王是汉景帝的同胞弟弟，更是一位雅好文学的诸侯王，他曾修起一座大大的梁园，并招来当时最杰出的文学家枚乘、司马相如等人一同诗酒唱和。"梁王昔全盛，宾客复多才"描绘的正是这样的场面，高适之所以吟咏它，是因为对这样的境遇充满了向往，毕竟唐玄宗也是一位众所周知的雅好文学的君主，高适也希望自己能像当年的枚乘和司马相如一般，凭借自身的过人才华得到统治者的青睐。

然而理想很美好，现实却十分残酷，自汉至唐，其实还不足千载，可惜梁园的奇幻传说却早已尘封在了历史中，甚至它的遗迹都已荒废，只剩一座孤零零的高台，长满了象征着岁月的衰草，在寒风中引人悲戚缅怀。

整首诗表现出来的这种理想与现实间的落差，正是此时高适人生的真实写照：郁堙不偶，屡战屡败，发愤求索，挫而弥坚！

在《长安三万里》影片中，这首诗出现在李白、高适于宋中重逢之时，二人彼此述说近况，高适提及自己写诗，李白便将这首名篇脱口而出。同时，还讲述了著名的"铁杵磨成针"的励志故事。这一情节，是对此前江夏离别之际，李白所说"你心中的一团锦绣,终有脱口而出的一日"的完美回应,也是对多年来高适"铁杵磨成针"般辛勤努力的最好见证。

燕歌行

高适

汉家烟尘在东北,汉将辞家破残贼。
男儿本自重横行,天子非常赐颜色。
摐金伐鼓下榆关,旌旗逶迤碣石间。
校尉羽书飞瀚海,单于猎火照狼山。
山川萧条极边土,胡骑凭陵杂风雨。
战士军前半死生,美人帐下犹歌舞。
大漠穷秋塞草衰,孤城落日斗兵稀。
身当恩遇常轻敌,力尽关山未解围。
铁衣远戍辛勤久,玉箸应啼别离后。
少妇城南欲断肠,征人蓟北空回首。
边风飘飖那可度,绝域苍茫更何有!
杀气三时作阵云,寒声一夜传刁斗。
相看白刃血纷纷,死节从来岂顾勋?
君不见沙场争战苦,至今犹忆李将军!

这首诗创作于开元二十六年（738年），高适首次出塞之后，是奠定高适诗坛地位的一首伟大作品，也是盛唐边塞诗中数一数二的名作。它充分体现了高适落拓率真的诗风；同时，质朴的文辞之中，可见其匠心独运和浩然气概，更彰显了中国古典诗歌观照苍生、讽喻时政的现实主义传统。

开元后期，大唐与盘踞东北的奚、契丹等少数民族政权冲突不断，高适因为父祖勋业的鞭策，和报国壮志的鼓舞，渴望能够投身边塞，安邦定国，故而去往东北，以求为国立功，然而却受到冷遇，失意而归。

虽然没能实现建功立业的抱负，但此行却让高适对边塞的局势、战争和军中生活有了更加全面的关注和深入的了解，也对边塞军中潜藏着的重大危机有了超出常人的感知。当时的东北守将叫张守珪，早期屡有战功，故而深得唐玄宗的宠信，同时也就日渐恃宠而骄。

开元二十四年（736年），张守珪遣部将安禄山征讨奚、契丹，结果因为轻敌冒进，一战而败，损失惨重。开元二十六年，张守珪的部下私自出兵生事，再度进攻奚、契丹，仍获惨败，而张守珪却隐瞒败绩，反向朝廷报捷，得到了皇帝的嘉奖。

亲历这一切的高适，看在眼里，痛在心间，他愤恨于将领的胡作非为，同情于战士的徒然牺牲，悲慨于国家的边疆动荡，无奈于自己的有志难伸，百感交集之下，写就《燕歌行》这一千古名篇！

诗歌的前六句交代了此次出塞征战的背景。唐人诗中常常以"汉"代"唐"，所谓"汉家烟尘在东北"，就是指奚、契丹与唐军在东北方边境的冲突，"汉将"并非专指张守珪一人，而是无数东北军中将领的合集。"辞家破残贼"五个字写出了他们的骁勇过人，但隐隐也流露出些许目空一切、志得意满的味道。大军森严整饬、军威雄壮，敲着钟、击着鼓，打着漫天招展的旌旗，奔赴榆关外，穿行于碣石山间。目睹这一盛况的高适和身处其中的将士们一样，充满了建功立业的激情与奋勇杀敌的信心！这样的描写也给了我们一种错觉，仿佛斩将、杀敌、立功、取胜，就如同探囊取物一般轻松！

然而紧接着四句，却犹如当头棒喝，将高适和战士们从轻松立功的美好幻想中惊醒。"校尉羽书飞瀚海，单于猎火照狼山"，写出了军情的紧急和战局的瞬息万变；"山川萧条极边土，胡骑凭陵杂风雨"，则极言边塞战场的荒凉苦寒，以及敌军的骁锐勇猛。仿佛这一切都是意料之外的突然，于是出征时还壮怀激烈、士气弥天的大唐军队，很快就吃到了轻敌的苦果，被飞驰的胡骑冲击得七零八落，死伤大半！面对这一切,高适悲之、痛之,于是字字泣血地写下"战士军前半死生"!从威风凛凛、士气弥天,到战死沙场、马革裹尸,变化只在转瞬之间,战场的残酷与艰险,由此可见一斑。

然而当高适回到主将营帐,却看见了更加触目惊心的场面。因为轻敌冒进、指挥不力,应当为此次失利承担最大责任的主将,居然还在喝着美酒,以歌舞助兴!因而,他又满怀激愤地写出"美人帐下犹歌舞"!正是这体验的真实、感受的真切,方造就了哀悼的悲悯,讽喻的痛切,也诞生了"战士军前半死生,美人帐下犹歌舞"这一振聋发聩的名句,穿越千载,至今仍让我们读之心头一颤!

接下来的"大漠穷秋塞草衰,孤城落日斗兵稀"两句,既描写了萧条肃杀的环境。茫茫大漠,凛冽秋寒,荒草萋萋,寥寥孤城,落日昏沉;又以"塞草衰"与"斗兵稀"的类比,凸显了胡骑源源不断、凌虐沙场的气势,和汉军艰难苦战、弹尽粮绝的惨状。"身当恩遇常轻敌,力尽关山未解围"则以今昔对比,回扣了诗歌的前半段,再度道出战前的恩荣得意和战后的无计可施,再度将矛头指向主将的指挥无能。

然而,战争给人民带来的苦难不止于此,边塞战场上每一个生命陨落的背后,都引出了一个家庭的破碎。"铁衣远戍辛勤久,玉箸应啼别离后",每一个身着战甲在前线辛勤守备的男儿，家中都有期盼团圆的目光，久而久之，一束束目光化作一行行清泪，在寂寞无人的城南月夜里流淌。然而，前线的士卒们何尝不渴望团圆，何尝不期待回家？他们甚至无数次地在脑海中设想过衣锦还乡的画面，祈盼打完这一场仗就能够回家团圆！然而此刻，一切希望都将幻灭，想到面对飘摇不可度的边庭，身处苍茫无所有的绝域，想到欲断肠的城南少妇，这些蓟北征人能做的也只有空回首，默默接受"此生不复得见"的悲惨结局！

但这些战士，终究是可敬的热血男儿！尽管主将无能连累三军，尽管军中苦乐如此不均，尽管回家无望夫妻离分，尽管力尽关山难转乾坤，但既然投身戎旅，既然舍身报国，就没有后退可言，一声传夜的刁斗响过，凛凛杀气再度升腾，战士们握紧手中的白刃，誓要用最后的拼杀铸就铁血英魂！这不是为了逃生，更不是为了功名，只是源于一个战士本能的战斗精神！只是，面对造成这一悲剧的根源，这些悲情英雄还是怀念起了昔年那位勇略过人、与士卒同甘苦的飞将军李广！

这首诗表达了三个层面的内涵：首先是对战士们誓死守卫疆土的英雄气概的歌颂；其次是对主将无能造就这一场悲剧的讽刺；最后还有对良将贤才的期许，而这三层内涵其实又是统一的。倘有一位李广一样杰出的将领，带领着这些英雄男儿守备我们的边塞，疆域岂能不安定，士卒怎会多牺牲，夫妻何患不团聚，天下何愁不太平？这与王昌龄所谓的"但使龙城飞将在，不教胡马度阴山"（《出塞》）又是异调同声！

当然，在高适心目中，自己也当奋发进取，成为这"龙城飞将"般的优秀将领！

我国是立足于农耕传统的文明古国，因而我们的祖先历来都是爱好和平、反对战争的，从《诗经》中的"昔我往矣，杨柳依依；今我来思，雨雪霏霏"，到汉乐府中的"十五从军征，八十始得归"，历来的诗歌中对于战争也都是反感和厌恶的情绪，因为有战争就会有边塞的荒寒、骨肉的分离、战斗的艰辛，乃至随时到来的死亡。

然而，盛唐是一个例外：在强大国力的加持下，人们褪去了对战争的过度恐惧，反而增添了保家卫国、书写历史的壮志豪情；在奖励边功政策的感召和封侯拜相的鼓舞下，一大批热血青年，怀着壮志豪情奔赴边疆，渴望在杀敌报国的同时，实现自己的人生价值与追求，这就是所谓的"男儿本自重横行，天子非常赐颜色"，也是盛唐边塞诗盛行的原因所在！

然而正如《燕歌行》这首诗和《长安三万里》影片中呈现的相关情节，这一腔报国的壮志热血，倘若倾注在了不当之处，托付给了不良之人，所换来的也就只能是失意落寞。

影片中的高适怀着一腔报效国家、复兴家门的热血投身戎旅，来到东北边塞张守珪的军中。为了完成这份上阵杀敌的使命，他不断地修炼武功军略，靠着过人的实力击碎怀疑，带着和万千战士一样的必胜信心和誓死决心，率领马队深入前线刺探军情！终于，他亲历了边塞战争的惨烈，见证了无数战友为了守护大唐战旗的尊严而牺牲，然而当他九死一生回到中军帐下，看见的却是一片歌舞升平，仿佛死去士卒们的鲜血，不能让这些高高在上的将领有丝毫触动。

此刻高适心中，说不出有几重悲伤、失落和愤怒。于是，他愤然离开东北军中，来到蒲津驿站。当他看见新的士兵被送往前线，预见这些鲜活的生命不知多少可以得到善终，心里压抑了一年的诗情，终于再也不可遏制。在蒲津驿站的一块诗板上，他奋笔写下这篇《燕歌行》。

作为渤海高家的后人，对祖上的功业耳濡目染，对先辈良将的事迹如数家珍，带领将士取得胜利的信念本就十分浓烈，而亲历边塞的苦乐不均、轻敌致败，他期许贤才良将的心情自然也更加迫切！当然，世界上最可靠、最值得信赖的人，就是自己！后来，高适决意再度出塞，投身戎旅，很可能在这里已经埋下了种子。

忆旧游寄谯郡元参军

李白

忆昔洛阳董糟丘,为余天津桥南造酒楼。
黄金白璧买歌笑,一醉累月轻王侯。
海内贤豪青云客,就中与君心莫逆。
回山转海不作难,倾情倒意无所惜。

我向淮南攀桂枝,君留洛北愁梦思。
不忍别,还相随。
相随迢迢访仙城,三十六曲水回萦。
一溪初入千花明,万壑度尽松风声。
银鞍金络到平地,汉东太守来相迎。
紫阳之真人,邀我吹玉笙。
餐霞楼上动仙乐,嘈然宛似鸾凤鸣。
袖长管催欲轻举,汉东太守醉起舞。

手持锦袍覆我身,我醉横眠枕其股。
当筵意气凌九霄,星离雨散不终朝,分飞楚关山水遥。
余既还山寻故巢,君亦归家渡渭桥。

君家严君勇貔虎,作尹并州遏戎虏。
五月相呼渡太行,摧轮不道羊肠苦。
行来北凉岁月深,感君贵义轻黄金。
琼杯绮食青玉案,使我醉饱无归心。
时时出向城西曲,晋祠流水如碧玉。
浮舟弄水箫鼓鸣,微波龙鳞莎草绿。
兴来携妓恣经过,其若杨花似雪何。
红妆欲醉宜斜日,百尺清潭写翠娥。
翠娥婵娟初月辉,美人更唱舞罗衣。
清风吹歌入空去,歌曲自绕行云飞。

此时行乐难再遇,西游因献《长杨赋》。
北阙青云不可期,东山白首还归去。
渭桥南头一遇君,酂台之北又离群。
问余别恨今多少,落花春暮争纷纷。
言亦不可尽,情亦不可极。
呼儿长跪缄此辞,寄君千里遥相忆。

解读

　　这首诗是天宝年间，李白隐居淮南、高卧敬亭山时，回望过往人生和昔日游处的作品。题目中的谯郡元参军是李白的好朋友元演，对方当时正在皖北的亳州任参军，听闻李白到皖南宣城定居，便特意发来问候。这突如其来的问候，霎时就将李白带回了二十年前与对方相逢、相识、相交、相知的记忆当中，整首诗除了表达对友人知己的深深怀念，也流露出了对美好青春年华的留恋。

　　诗歌前四句塑造了自己浪迹天下、逍遥无羁的豪士形象，尤其"黄金白璧买歌笑，一醉累月轻王侯"一句，将李白一掷千金、豪放洒脱、不拘凡俗、高蹈世外的"仙家"特质刻画得淋漓尽致。而后六句，从"海内贤豪青云客"到"君留洛北愁梦思"，写自己与元演在洛阳酒肆相逢，一见如故，诗酒唱和，情投意合，直至不忍分离的情景。

　　于是就有了紧接着的二十一句，关于同游江汉的回忆，从"不忍别，还相随"到"君亦归家渡渭桥"，介绍了他们游仙访道、纵情山水、轻歌曼舞、平交王侯的生活状态，满是青春自得与快活自在！所谓来而不往非礼也，既然元演陪李白游了汉南，自然也该邀他同去塞北，其后二十四句写的正是这个内容：元演的父亲在太原主政，设下佳肴美馔，安排歌儿舞女，盛情款待李白，元演也陪着他同游晋祠、寻访太行，度过了一段梦幻的岁月。

诗歌的最后八句则将视线从美好的回忆,拉回冷落的现实:一切美好已成过往,不知佳期何许,重逢几时?纵然能够跨越空间的距离,与至交再会,却也扭转不了时间的流逝,再难书写青春的新故事——"问余别恨今多少,落花春暮争纷纷",人生的青春之花落下,就再也不会重开了。

《长安三万里》影片中,这首诗同样出自长安李白家门前众人口中,"紫阳之真人,邀我吹玉笙"与"仰天大笑出门去"的自得之情不同,更多表现的是李白性格中逍遥率性的一面。

清代龚自珍在《最录李白集》中评价李白:"庄、屈实二,不可以并;并之以为心,自白始。"这里的"庄"是庄子,是逍遥世外的代表;"屈"是屈原,是心怀家国的代表。这原本是两条截然不同的人生道路,正如孔子所谓"道不行,乘桴浮于海",孟子所谓"达则兼济天下,穷则独善其身",入仕与归隐是两个互斥的选择。

然而,李白这样一位冠绝千古的大才,在盛唐这样一个千载难逢的盛世,偏要把这两条路都走得通畅、漂亮,虽然这最终导致了李白一生的蹉跎和困厄,但同时也造就了众人口中传诵的"谪仙人"的佳话,更成全了诗国独一无二的传奇人生。

> 独立天地间,清风洒兰雪。

别鲁颂

李白

谁道泰山高,下却鲁连节。
谁云秦军众,摧却鲁连舌。
独立天地间,清风洒兰雪。
夫子还倜傥,攻文继前烈。
错落石上松,无为秋霜折。
赠言镂宝刀,千岁庶不灭。

解读

题目中的鲁颂是李白的一位朋友,具体生平已难以确考,但从李白这首送别诗的内容来看,他应当是一位义薄云天、慷慨豪勇的侠士!且结合诗中出现的"泰山""鲁仲连"等名称,大致可以推测这首作品作于山东。

鲁颂姓鲁,战国时的山东义士鲁仲连也姓鲁,故而李白用鲁仲连来比喻鲁颂,诗歌的前六句讲的都是鲁仲连的故事。

鲁仲连是战国末期齐国的著名辩士，《史记》中有他的传，《战国策》也详细记载了"鲁仲连义不帝秦"的故事。

鲁仲连漫游赵国之时，正好赶上赵国长平战败，赵国都城被秦军围困，魏国人前来调停，劝赵国臣服秦国，尊秦君为帝。鲁仲连则劝赵国绝不可臣服于秦，彰显了卓然的意气风骨，同时又以三寸不烂之舌说服魏国联赵抗秦。最终在赵魏两国合力之下，秦军只得解围退去。作为赵国的救命恩人，鲁仲连却又辞去了赵王的赏赐，继续游学隐居。

从鲁仲连的身上，其实不难看出李白理想人格的影子。还是龚自珍的《最录李白集》中写道："儒、仙、侠实三，不可以合，合之以为气，又自白始也。"也就是说，除了以屈原为代表的心怀家国的儒家思想，以庄子为代表的隐逸求仙的道家思想之外，李白人生中还有一个很重要的侧面，那就是侠义精神！一种"独立天地间，清风洒兰雪"的，人格无比高大、品性无比纯洁、精神无比自在的生命境界，他的平交王侯，他的待时而动，他的胸中丘壑，他的笔底波澜，他的心境超然，无不是这一生命境界的具体外化。

诗歌的后六句则写回了鲁颂这位友人，说他风流洒脱，专攻文学，但在精神气质上仍能够继踵前贤，承继鲁仲连的风范。如同一棵不为秋霜摧残的傲然青松，屹立于苍茫天地之间!

  这当然不只是在送别之际歌颂友人,因为能与这样的侠士成为朋友的,必然是另一个拥有"气贯泰山""节比鲁连""独立天地""千岁不灭"的伟大灵魂之人。故而,李白临行解刀相赠,期盼二人的友谊能经得起千载风霜的考验。

  《长安三万里》影片中,在长安李白家门前众人的口中,同样道出了这篇作品中最能体现李白生命境界的一句——"独立天地间,清风洒兰雪"。和前篇的"紫阳之真人,邀我吹玉笙"一样,这两句诗展示了李白的性格侧面,为我们刻画了一个"庄、屈一体""儒、仙、侠并重"的"完人李白"。

别刘大校书

高适

昔日京华去,知君才望新。
应犹作赋好,莫叹在官贫。
且复伤远别,不然愁此身。
清风几万里,江上一归人。

这首诗作于天宝八载(749年),高适的朋友刘大校书决意离开长安,返回故里,高适为之送行而作。

这位刘大校书并不是寻常无名之辈,而是盛唐著名的山水诗人刘眘虚,因在家中排行老大,在朝中任校书郎,故称"刘大校书"。他是王昌龄和孟浩然的好友,代表作有《登庐山峰顶寺》《寻东溪还湖中作》《江南曲》等,11首作品入选

《河岳英灵集》，可见其在当时诗坛的影响。

刘眘虚是开元二十一年（733年）进士，高适开元二十三年（735年）前后初入长安之时，正是刘眘虚人生最为青春得意的时候，故而诗歌开篇写"昔日京华去，知君才望新"，正是交代了这段旧日相识的往事。

但虽然成名日久，文采过人，博得了"应犹作赋好"的名声，刘眘虚却始终沉沦下僚，担任着校书郎这样的小官，高适劝他"莫叹在官贫"，不要为仕途蹭蹬而悲叹。当然，对于高适这样一个人生屡败屡战的失意青年来说，也是在借友人的经历劝慰和勉励自己。

刘眘虚决计归乡，高适为之送别，虽然两人一去一留，但都承受着人生挫折的苦痛，所以在"伤远别"的离情别绪之上，愁情就更浓重了一层，有了"愁此身"的共鸣。

但诗歌的结尾还是大气壮阔的——"清风几万里，江上一归人"，写友人在浩瀚的江面上，独自乘风归去；同时也留下浩瀚天地间，独自的一个"我"伫立江边，迎着万里清风，继续搏击天地。在与友人送别的不舍和对人生坎坷的感慨之外，我们同样能读出高适对茫茫前路的展望和对心中理想的执着。

《长安三万里》影片中,高适应李白之邀再赴长安,在李白家门前偶遇青年杜甫,后者口中吟出了此诗中最精彩的两句:"清风几万里,江上一归人。"

首先可以见出,历经了宋中的苦读和边塞的历练,高适的诗名也早已传播开来,这是他的成长。同时,这两句诗也契合高适此时的处境,历经坎坷、饱经风霜,依然未有所成,他也是江上的一位归人。好在,与刘大校书的离别不同,高适迎来的是与李白、杜甫这些故人的重逢,重逢总比分离能给人更多温暖和安慰。

> 胡姬貌如花,当垆笑春风。

前有樽酒行二首(其二)

李白

琴奏龙门之绿桐,玉壶美酒清若空。
催弦拂柱与君饮,看朱成碧颜始红。
胡姬貌如花,当垆笑春风。
笑春风,舞罗衣,君今不醉将安归?

解读

　　这是一首古题乐府,李白在诗中用极为繁复夸张的笔墨,表达了及时行乐的人生态度。由于这种风格和思想贯穿李白生活的始终,所以难以确考具体的创作环境与背景。

　　相传龙门山上有碧绿的梧桐,以之做成琴身,自是琴中一品。这首诗中,李白便弹起了这样一张绝世好琴,美妙的天琴音果然不同凡响!好琴更有美酒相伴,当晶莹剔透的玉壶倾倒,清澈的琼浆几番流入口中,伴着美妙的音乐,将人带入飘然仙境。抬起迷离的双眼望去,早已分不清佳人的脸上、裙间,何处有绿,何处是红,只感受到如同春风中盛开的繁花,美妙无穷。面对这样的美景、美乐、美酒、美人,还有什么人能不为之陶醉呢?

整首诗在唐诗当中算不上精彩,艺术手法凡笔多于妙笔,思想价值更是无从谈起,但满篇的醉意和逍遥的神气,却带有李白鲜明的印记。

在《长安三万里》影片中,这是李白在长安曲江酒肆中,众人簇拥之下,在高高的木板上吟唱,以供众人取乐的诗篇。

长安曲江酒肆的情节,可以看成是盛唐诗坛的群星汇聚,王昌龄、岑参、王维、李白等伟大诗人先后登场,杜甫、高适也同样置身其间,还有贺知章、张旭、崔宗之、李琎为代表的"饮中八仙"和李邕这样的大书法家从旁助阵,直观地将我们带回了那个群星闪耀的诗国盛唐。

盛唐诗坛其实本就是一个多元文化碰撞的宇宙,我们所熟知的这些诗人,很多在生活中是无比亲密的好友,这种诗酒唱和的场景虽不能说是每天都有,却也的确算得上一种常态。当然，他们的目的并不都是纵情享乐，往往也会带有更加积极向上的意义。但无论如何，透过这个情景，我们应当认识到，唐诗在那个时代，并不是脱离生活、高高在上的庙堂之音，而是鲜活地存在于人们日常生活中，这也是它拥有无尽生命力、得以渗透进无数人灵魂深处的根源所在。

然而，在众人忘情的喧闹中，高适愈发觉得自己与这个环境格格不入，也许是听到贺知章说到李白是位"谪仙人"，他却自认是"世间人"，也许这二者本就有着不同的道路与归宿。

于是，高适默默离开，只有杜甫注意到了他的身影，赶来为他送行，并应高适之邀一同去往乾陵祭拜，这两位"世间人"终究还要为了功名和理想奋斗一生。

> 银鞍照白马,飒沓如流星。

侠客行

李白

赵客缦胡缨,吴钩霜雪明。
银鞍照白马,飒沓如流星。
十步杀一人,千里不留行。
事了拂衣去,深藏身与名。
闲过信陵饮,脱剑膝前横。
将炙啖朱亥,持觞劝侯嬴。
三杯吐然诺,五岳倒为轻。
眼花耳热后,意气素霓生。
救赵挥金槌,邯郸先震惊。
千秋二壮士,烜赫大梁城。
纵死侠骨香,不惭世上英。
谁能书阁下,白首太玄经。

解读

侠义精神本来就是李白性格中的一个重要侧面，他一直将游侠们坚守信义、宣扬正道、除暴安良、勇武果决的品质当作自己重要的人生追求，更是常常在诗歌中赞美和抒发自己的侠义精神，这首《侠客行》正是其中最具代表性的一首。

诗歌作于天宝三载（744年）前后，李白漫游燕赵之际。因为前四句描绘的，正是一位驰骋燕赵大地的侠客：他的帽盔上飘逸着胡人的缨带，他的腰间佩带的弯刀如霜雪般明亮，这弯刀又与胯下的银鞍白马相映闪烁。他迎风狂奔、飒沓生姿，好似流星坠落在莽原，闪闪的银光直让人胆寒。据此我们可以想象这是一位何等雄豪的绝世英雄，同时也不难看出，这是李白笔下对于自己理想人格的刻画。

紧接着的是这首诗中最为精彩的四句："十步杀一人，千里不留行。事了拂衣去，深藏身与名。"与前四句对形象的精细刻画不同，对于侠客的武艺和品格，李白只用了寥寥数笔加以勾勒，却将其千军万马取上将首级如探囊取物般的精妙武功写得飘逸生姿，让人丝毫不觉得血腥凝重，反而有一丝清新淡泊之气，同时侠客不慕虚荣、高蹈飘逸的人格品质，也跃然纸上、顾盼生姿。

而后十二句诗，引用典故写了对于侠客功业成就的期许。战国的朱亥、侯嬴与信陵君，他们名为主客，却情同知己,常常为了彼此的豪雄意气,以天下大事彼此许诺,仿佛五岳之重在他们的意气面前也都不值一提。为了感激信陵君的信赖和礼遇,侯嬴献计窃符救赵,朱亥奋勇陷阵杀敌,最终成就了信陵君的美名,使得整个魏国为之信服,也留下了千古美名!

这一段的内容既是咏史,也是述怀,李白感叹既然不能常伴君王,成为一代帝师、贤明宰相,又不忍抛弃黎民、羽化登仙,那么仗着一股侠义之气,于疆场之上陷阵杀敌、保境安民,便是最为切实可行的选择。

诗歌的最后,他表达了自己为达目的,不畏牺牲的精神:"纵死侠骨香,不惭世上英。谁能书阁下,白首太玄经。"这里拿终生作赋的扬雄做反面教材,主张既然心怀天下,就该拼死一搏,纵然身死,其精神也会万古流芳,不愧对世间的英豪之气!

《长安三万里》影片中,李白诵《将进酒》的名场面过后,众人皆已酩酊大醉,唯有高适清醒过来,将要继续踏上现实的追梦之旅。挽留不及的李白,像他们初见时一样提出比试相扑。目光交汇之间,记忆几度回溯,可终究不抵岁月匆匆。当二人最后一次甩开对方,"谪仙人"李白与"世间人"

高适,此刻终将彻底分开。李白对着纵马远去的高适念出了这首诗的前四句:"赵客缦胡缨,吴钩霜雪明。银鞍照白马,飒沓如流星。"并说:"这首诗,我二十年前就是照着你的模样写的!"

这四句诗的确与高适的形象十分匹配:高适本身生于河北,燕赵大地,自古多慷慨悲歌之士,况且他出身豪门,血液中就带有浓浓的侠气!结合我们前面提到的,他天性拓落、不拘小节、耿直坦荡、率直洒脱,正满足我们对于"银鞍白马少年侠客"的全部想象!加之高适一生三度出塞,数次总戎临边,在万马军中出生入死,最终功成名就,不正是"事了拂衣去,深藏身与名"的典型吗?

不过,与其说《侠客行》写的是高适,倒不如进一步将其理解为,高适是李白心目中万千理想侠客中的一个,而恰恰也是于李白最亲近、于我们最熟悉的那一个!

拟古十二首（其九）

李白

生者为过客，死者为归人。
天地一逆旅，同悲万古尘。
月兔空捣药，扶桑已成薪。
白骨寂无言，青松岂知春。
前后更叹息，浮荣何足珍？

> 天地一逆旅，同悲万古尘。

这首诗表现了李白对生命意义和价值的思考，具有很强的哲学意味。

人生天地之间，不过是一场短暂的旅行，命中的一切繁华景象终将归于沉寂，死亡才是长久的归宿，这是人生的短暂。而与之相比，天地宇宙却又无比的广阔绵长，玉兔捣药终不会改变月亮的阴晴圆缺，天边的扶桑与灶下的柴薪见证了无数桑田沧海的变迁，累累白骨虽无生命，却比活着的肉体存续长久，棵棵青松虽不能言语，却也比人多经历无数个春天！

这种人生有限和宇宙无穷之间的根本对立，就是所谓"人生如寄"的思想，这是古人对于生命与宇宙关系的基本认知，也是大多数文人和文学作品中愁情的根本源泉。一旦认识到了这一点，眼前的富贵繁华、功名利禄也就变得不值一提，但更大的虚无感和无力感，也就萦绕在了心间。

在《长安三万里》影片中，众宾客饮酒欢宴酒醒、高适策马离开之后，李白念出了这首作品中的开篇四句："生者为过客，死者为归人。天地一逆旅，同悲万古尘。"

李白与高适互为知己，人生路上却始终聚少离多，彼此都不过是生命中的匆匆过客，然而人对于天地而言，本就是过客，所以，能同行一场已是值得庆幸了。此次一别，后续的剧情中，二人的确再也没有重逢了。高适去往西北边塞，加入了哥舒翰的幕府；李白则辗转江淮，隐居求道。虽然后来的安史之乱将他们的命运再度交织，这对知己却终究没有能够面对面地再诉衷肠。

不过，当他们"同悲万古尘"之后，无论"谪仙人"还是"世间人"，都永恒地在盛唐诗坛的星空中共存，这也正是有限的生命超越无穷宇宙的方式，肉体虽灭，灵魂与英名却可不朽永存！

> 桃花潭水深千尺,
> 不及汪伦送我情!

赠汪伦

李白

李白乘舟将欲行,忽闻岸上踏歌声。
桃花潭水深千尺,不及汪伦送我情!

解读

《赠汪伦》是一首大家从小就很熟悉的作品,但诗歌本身和背后的故事也都值得再讲一讲。

这是发生在天宝末年的故事,当时李白为躲避中原即将到来的战祸,举家来到了淮南的宣城隐居避乱。之所以选择宣城,是因为这里是南朝著名诗人谢朓曾经常年工作和生活的地方,李白是谢朓的粉丝,此行多少有些"追星"的目的,比如大家熟悉的那首《宣州谢朓楼饯别校书叔云》就是他追星的成果之一——"弃我去者，昨日之日不可留，乱我心者，今日之日多烦忧"！不过，李白不仅有自己的"爱豆"，同时还有很多自己的"粉丝"，比如离宣城不远的泾县，就住着一个叫汪伦的人。

据清代袁枚的《随园诗话》记录，汪伦是当地的一位豪侠之士，仰慕李白的才华与侠义，想邀他来家中做客，又怕李白不肯来，便写了封信给他，说："我听闻翰林您喜欢游览山水，我们这里有十里桃花；也知道翰林您喜欢喝酒，我们这里有万家酒店。您何不来这里亲身体验一番呢？"

李白收到信当然非常开心地前去找寻这片世外桃源，到了却并没有看见所谓的"十里桃花""万家酒店"。汪伦这时才解释说："十里桃花就是县城边的桃花潭，方圆十里；至于万家酒店，我们酒店的老板就姓万，那不是万家酒店吗？"

李白听后哈哈大笑，遂与汪伦结伴相游数日，临别之际就写下了这首著名的《赠汪伦》。诗歌记述了分别之时，汪伦带着村人为李白踏歌送行的场面，以歌舞欢愉冲淡了离情别绪，更以奇妙的想象将友情与桃花潭水相比，使其显得形象而具体，整首诗歌也于平易自然之中见出感情的真挚。

在这个美好而有趣的故事背后，更可贵的是诗中表达的那份超越阶层、深过千尺桃花潭水的淳朴友谊，这份真真切切的情谊，足以穿越千载，令人感动。

《长安三万里》影片中虽然没有直接出现这首诗中的诗句，但呈现了高适因公务途经宣城渡口之时，目睹送别时"岸上踏歌声"的场景。

正如高适所说，"莫愁前路无知己，天下谁人不识君"，董大是如此，李白亦是如此。对于才华横溢、为人豪爽、个性张扬的李白而言，到哪里都不会缺少朋友，甚至知己。对于高适而言，纵然这次偶遇没有留下只言片语，但能够远远望见这位知己，了解到他的婚姻与家庭现状，知道他还过得不错，也就感到欣慰和知足了。

哥舒歌

西鄙人

北斗七星高,哥舒夜带刀。
至今窥牧马,不敢过临洮。

这是歌咏唐朝名将哥舒翰的一首绝句,我们并不知道具体的作者是谁,题为"西鄙人",就是说是西方边境上的人所传唱的,这也从侧面反映出了哥舒翰在边塞的威名是人所共知的。

古有《论语》中说"为政以德,譬如北辰,居其所而众星共之",今有《好汉歌》中唱"星星参北斗",足以体现,在从古至今的人们心目当中,无穷无尽的满天繁星,当以北斗为尊!

而在灿若群星的大唐名将当中,夜下飞驰、身挎宝刀的哥舒翰,就如同北斗星一样,同样有着数一数二、无可替代的地位。只要听到他的英名,胡人就只敢偷偷摸摸地放马,绝不敢在边境造次,乃至跨越临洮一步。

读到这里不知道大家有没有联想到王昌龄的"但使龙城飞将在,不教胡马度阴山"?这首诗中的哥舒翰,不正是这样的存在吗?这不正是高适一心盼望、"至今犹忆"的李将军吗?因此高适追随哥舒翰出塞,可能也有这方面的考量。

历史上的哥舒翰其实是个很有争议的人物,他勇略过人、战功卓著、威震西域的确不假,但同时作为边将也难免有过邀功生事的经历,尤其是天宝八载的石堡城之战,哥舒翰以十万将士的牺牲为代价,夺取了吐蕃一座空城,为他招致了不小的非议。杜甫在《前出塞》中批评他"苟能制侵陵,岂在多杀伤",李白更是在《答王十二寒夜独酌有怀》中直言"君不能,学哥舒,横行青海夜带刀,西屠石堡取紫袍"。

但在安史之乱中,哥舒翰镇守潼关,抵御叛军半年之久,其间运筹得当,屡屡反攻得手,极大程度地延缓了叛军的节奏,消磨了反贼的气焰,最终在被逼无奈之下冒死出击,又宁死不降，为守护大唐献出了自己的生命。从这个角度来说，他仍然算得上一位英雄人物。

《长安三万里》影片中，将这首诗放在了潼关之战的背景中，哥舒翰带伤出征，奋力突围，最终无奈被擒、饮恨疆场。在出征之前，为了激励全军将士，他回味往事，弹剑而歌，遥想当年英武，口中满怀自豪，心中却实属无奈地念出了这首诗。

自豪是因为自己曾横行西域，举世无双，保证大唐边疆数年的安宁，也功成名就，出将入相，一生为国杀敌，誓将战至最后一刻，以全忠贞之志。

而无奈却是因为认识到，个人之力终究不能扭转天下大势，纵然拼尽全力恐怕也不能守住潼关，守护大唐最后一道防线。今夜之后，中原必将陷入更加长久的动荡，自己昔日的一身武艺、积累的一世英名，也终将在此刻化为浮云。

我们从中不难感受到一股英雄迟暮的悲情，而这份悲情很快在全片中蔓延开来。晚年的李白、晚年的高适、由盛转衰的大唐，没有一个能逃脱历史的沧桑变迁。

长安一片月,万户捣衣声。

子夜吴歌·秋歌

李白

长安一片月,万户捣衣声。
秋风吹不尽,总是玉关情。
何日平胡虏,良人罢远征。

解读　　"吴歌"是南朝时期开始流行于吴越之地的民歌的总称,多以女子的口吻,表达对爱情的期盼和对心上人的思念,好用谐音双关,整体风格含蓄秾丽、曲折婉约。《子夜歌》和《子夜四时歌》是吴歌中常用的题目,而《秋歌》就是《子夜四时歌》中的第三首。

　　整首诗立足于秋日的景和事——秋高而气爽,气爽则天清,天清月自明!明月在诗中历来象征着团圆、美好、光明,所以"长安一片月",写一轮明月悬于中天,静静地洒下薄薄银辉,铺满秋日夜幕下的长安城。这就营造出了一派盛世皇都太平安闲、家家户户幸福团圆的景象。同时,长安是盛唐的浓缩与象征,月色不限于长安,这片静谧安宁的氛围也就蔓延至举国上下。

然而,在繁华太平的表象之下,还是有太多的离别苦痛,千家万户的捣衣声,打破了月夜的宁静。"捣衣"就是将衣料布帛放在石头上捶打,使其变软,以便赶制衣物,往往在诗中是天气渐凉、时值岁暮的寓意。对于这些捣衣的思妇而言,一年到头了,心上的人依然还没有回来。由此,我们才从字里行间感受到,原来是无数个分离的家庭,在盛世的背后默默地守护着天下的安宁。

一阵秋风吹过,思妇盼望能被它吹散心头的愁云,可非但愁情未消,却又平添几重,因为秋风来自西北,而自己的心上人正在玉门关守备,风中同样满是他们的思乡之情!有感于此,李白深切地盼望"何日平胡虏,良人罢远征",什么时候天下能彻底安宁,让征人不再背井离乡,思妇不再痛断肝肠。

李白当然也希望能凭借自己的力量实现这一美好的愿景,只可惜一次次的失意,让他也只能望着"长安一片月",

听着"万户捣衣声",感叹心中加重的无奈愁情。

这首诗出现在《长安三万里》影片的结尾,高适与书僮互念《河岳英灵集》中写有"长安"的佳作,并让对方猜这是谁的作品,首先念出的就是此篇中的名句"长安一片月,万户捣衣声"。

长安是大唐的都城,是当时全国乃至全世界的政治、经济、文化中心,这座伟大的城市历经风霜,几经成败,见证了大唐的极盛极衰,造就了无数的悲欢离合,对于唐人、唐诗而言,它已经不单单是一座城,更是浓缩为一个极具象征意义的符号——理想信仰、繁华浪漫、家国担当,这是它的丰富内涵。

再说说《河岳英灵集》,这部集子是贯穿全片的一个线索,也是现在能看到的最早的盛唐诗歌选集。它的编者叫殷璠,是盛唐著名的诗选家,集中选取了24位诗人的234首作品,堪称是一部权威的"盛唐流行诗歌金榜",其中我们熟悉的盛唐诗歌名家,除杜甫外几乎全部入选,作品也基本代表了盛唐诗坛的最高成就,足见编选人独到的眼光!

《河岳英灵集》中的诗人是伴随盛唐,完整经历兴衰的一代诗人,他们心中对"长安"的情感尤为强烈而独特,写出的关于长安的诗句也就格外多了。

二十解书剑,西游长安城。

别董参军

高适

二十解书剑,西游长安城。
举头望君门,屈指取公卿。
国风冲融迈三五,朝廷欢乐弥寰宇。
白璧皆言赐近臣,布衣不得干明主。
归来洛阳无负郭,东过梁宋非吾土。
兔苑为农岁不登,雁池垂钓心长苦。
世人向我同众人,唯君于我最相亲。
且喜百年有交态,未尝一日辞家贫。
弹棋击筑白日晚,纵酒高歌杨柳春。
欢娱未尽分散去,使我惆怅惊心神。
丈夫不作儿女别,临歧涕泪沾衣巾。

解读

　　这首诗应当作于开元末期,高适离梁宋就试于京师时。题目中的"韦参军"是高适的朋友,具体姓名事迹已不可考,但并不影响我们对作品的理解。高适此时的生活状态是满腔抱负、壮志未酬,心有不甘,气有不平,这首诗也正好体现了他此时的风貌。

　　诗的前四句中,高适毫不掩饰地表明了自己的壮志:他自小读书习剑、允文允武,二十岁便学有所成,西入长安求取功名。他抬头望向威严大气的宫殿,憧憬的目光中,仿佛已经看到了自己功成名就、位列公卿的模样。这是盛唐一代青年人独有的豪情,和李白的"大鹏一日同风起,扶摇直上九万里"、杜甫的"会当凌绝顶,一览众山小"何其共鸣!

　　然而,希望越大,失望往往也越大,与豪情壮志一样属于盛唐这一代诗人的,还有现实对他们的无情打压:在超越三皇五帝的繁华表象之下,在弥漫寰宇的欢乐氛围之中,弊病与危机却已早早埋下,盛世的繁华成果只有少数贵戚近臣可以分享,下层的平民士子却无缘身居庙堂!于是,高适也只得失意地回到梁宋,苦闷地等待机遇的到来。

　　也正是在这样的情境下,高适结识了韦参军,这位朋友不同于众人的平静和冷漠,而是对他的个性、理想由衷地认同,因而两人也就格外亲近!虽然韦参军的出现,对于高适的生计和前途并没有什么实质性的帮助,但得以结交这位知己,就足以给他的生活带来别样的意义。他们一同在白日里弹琴击筑,一起在春光中饮酒高歌,率性洒脱之间,一切的烦恼也就抛诸脑后,烟消云散!

可是,欢聚的时光总是短暂,当必然的分离降临,心中就又布满了惆怅的阴云。不过,高适与韦参军毕竟是放旷之士、落拓男儿,既然因缘而聚、意气相逢,分别之际也就不做儿女情长的姿态,没有眼泪、没有犹疑,各道一声前路珍重,而后阔步前行!

从这里,我们再次读出了"莫愁前路无知己,天下谁人不识君""海内存知己,天涯若比邻"一般的豪放情怀,看来盛唐的这股豪侠意气,从来都是一以贯之的。

这首诗同样出现在《长安三万里》影片的片尾,高适与书僮的对话当中,书僮吟出"二十解书剑,西游长安城",然后高适笑着说出这是自己的作品。

此时的高适决意功成身退,重读壮年诗篇,回味那段意气风发的青春岁月,多少也能给人一种"归去,也无风雨也无晴"(苏轼《定风波》)的沧桑和淡然。

单父东楼秋夜送族弟沈之秦

李白

尔从咸阳来,问我何劳苦?
沐猴而冠不足言,身骑土牛滞东鲁。
沈弟欲行凝弟留,孤飞一雁秦云秋。
坐来黄叶落四五,北斗已挂西城楼。
丝桐感人弦亦绝,满堂送客皆惜别。
卷帘见月清兴来,疑是山阴夜中雪。
明日斗酒别,惆怅清路尘。
遥望长安日,不见长安人。
长安宫阙九天上,此地曾经为近臣。
一朝复一朝,发白心不改。
屈平憔悴滞江潭,亭伯流离放辽海。
折翮翻飞随转蓬,闻弦虚坠下霜空。
圣朝久弃青云士,他日谁怜张长公?

从题目中的"单父东楼"可知,这是李白长安失意,赐金放还之后,回到东鲁家中所作。诗中提到的"族弟沈"和"凝弟",是李白的两位同宗兄弟李沈和李凝,均从长安附近特地赶来拜访他,临别之时,李白作此诗相赠。

诗歌以对话的形式展开,表达直白,情谊真挚,个性自由:好弟弟你从都城赶来专程探访我,关心我生活中的困难与烦恼。那李白的苦恼是什么呢?他说自己就像一只整冠束带的猕猴,和朝中的氛围格格不入,于是只好骑着青牛回到东鲁闲居——原来还是在为长安城的仕宦失意而感伤。这里李白虽然说自己"沐猴而冠",不适合朝廷,其实还是更想强调自己的清平理想与朝中的浊秽现实,不愿同流合污。

两位弟弟的到来,给了李白一些可贵的安慰,只可惜转眼之间,其中一个就不得不离开了,像一只西飞秦川的孤雁,振翅翻起片片黄叶,在北斗高悬的清秋,寂寞远走。李白设下酒宴,在丝竹管弦的渲染和满座宾朋的热闹中,象征着团圆美满的明月将清辉洒在堂前,让李白感觉仿佛回到了弟弟们刚刚到访的那个夜晚。

这里引用了一个"山阴夜雪"的典故,《世说新语》记载王子猷雪夜一时兴起,寻访家住百里之外的好友戴安道,经过一夜的水陆跋涉,刚刚到达家门便即刻回转,并称:"吾本乘兴而来，兴尽而返！"在李白看来，两位弟弟的造访，的确是乘兴而来，可是眼前的分离，却算不上兴尽而返："明日斗酒别，惆怅清路尘。遥望长安日，不见长安人"。明日分别之后，每当我西望长安，都只能看见西下的红日，却看不见心中所念之人啊！

这实在是一件悲伤的事情。因为他眼中所见的日色之下，便是心心念念的长安城，那里凝结着太多失意的往事。他曾为天子近臣，无比接近自己的理想，却终因天子耽于享乐，最终功败垂成。虽然离开朝廷，他却没有一日放下过思虑，纵然饱经沧桑，两鬓斑白，但他依然矢志报国，初心不改。

从长安人写到长安日的李白，越发觉得自己像沉吟江畔的屈原，像流落岭海的崔骃，像一只一心奋飞却应弦而落的鸿雁，因为他知道，随着天子心态和时局的改变，自己实现理想的希望也就越来越渺茫了。

《长安三万里》影片中，片末高适与书僮在关于《河岳英灵集》和"长安"的对话中吟出了这首诗中的名句，"遥望长安日，不见长安人"。这首诗是"含长安量"很高的一首作品，而这一句正道出了李白一生对长安心向往之，却终究无缘的命运。

李白一生曾多次入长安：他曾干谒求进，因小人作梗落败，留下了《行路难》；他也曾成为天子近臣，又因被视作俳优而放还，留下了《蜀道难》《将进酒》；他还曾企图挽救危难，却又不被信任，不得已辗转江淮。李白一直在"遥望长安日"，却最终都"不见长安人"，实在是人生与历史的双重遗憾。但对于诗坛而言，收获的不仅有李白一生20多首提及"长安"的名篇，更有无与伦比的精彩生命和永恒"诗仙"。

长安如梦里,
何日是归期?

送陆判官往琵琶峡

李白

水国秋风夜,殊非远别时。
长安如梦里,何日是归期?

解读　　题目中的陆判官是李白的朋友,但具体是谁、生平经历,均已不可考。琵琶峡位于长江之上,临近巫峡,因形似琵琶而得名。

　　"水国"即江南水乡,是温柔缠绵的所在,"秋风夜"多哀怨凄凉之感,况且秋高风紧之夜的水国,船行不便,增添了前路的艰难,故而尤为不宜离别!李白立足于送别之际的现实环境，融入自己的真情实感，表达出对友人即将远去的不舍之意。"殊非"二字既写出了对眼前离别景况的感叹，也流露出浓郁真诚的挽留意味。

诗歌的后两句又提到了"长安"——"长安如梦里"，这多少显得有些突兀，因为长安既不是送别的地点，也不是去往的目的地，为什么会突然出现在这里？其实，这里的长安是一个符号、一种信仰，是漂泊四海的文士心中共同的圣地，凝聚着人生理想、盛世风华的这座伟大都城，是他们理想中重逢的最佳选择！

最后一句"何日是归期"一语双关，一方面是在送别之际，殷切地期盼友人陆判官早日归来团聚；另一方面也是在心中问自己，何日能回到心心念念的长安，再续自己迷失的追梦足迹。

与前几首一样，诗句在《长安三万里》影片中出现于高适和书僮的对话之中，同时这也是正片中出现的最后一首诗作。

以这首诗作为结尾，也有一些特殊的意味，通过《长安三万里》影片，我们重温了几十首经典的诗作，也重识了李白、高适等一众诗人朋友。当我们梦回一千年前那个诗国，想必每个人的心中也有了自己的"长安情结",我们为那段绝代风华而魂牵梦萦,也都真切体会到了什么叫"长安如梦里"!

那么,"何日是归期"呢?"凤凰台上凤凰游,凤去台空江自流"(李白《登金陵凤凰台》)、"人生有情泪沾臆,江水江花岂终极"(杜甫《哀江头》),宇宙的星移斗转、时空的沧桑巨变从来不会以人的意志为转移,客观上讲,盛唐时的长安,我们当然再也回不去了。

但庆幸的是,这个伟大的时代、这座伟大的城市,成就了一群伟大的诗人,铸就了一系列伟大的诗篇,通过阅读这些伟大诗篇,我们能够跨越时空与这些诗人灵魂相通、情感共鸣,也得以真切地领略那个时代、那座城市的伟大!所以,当你翻开书卷,全身心地沉浸到唐诗的字里行间之时,自是归途!

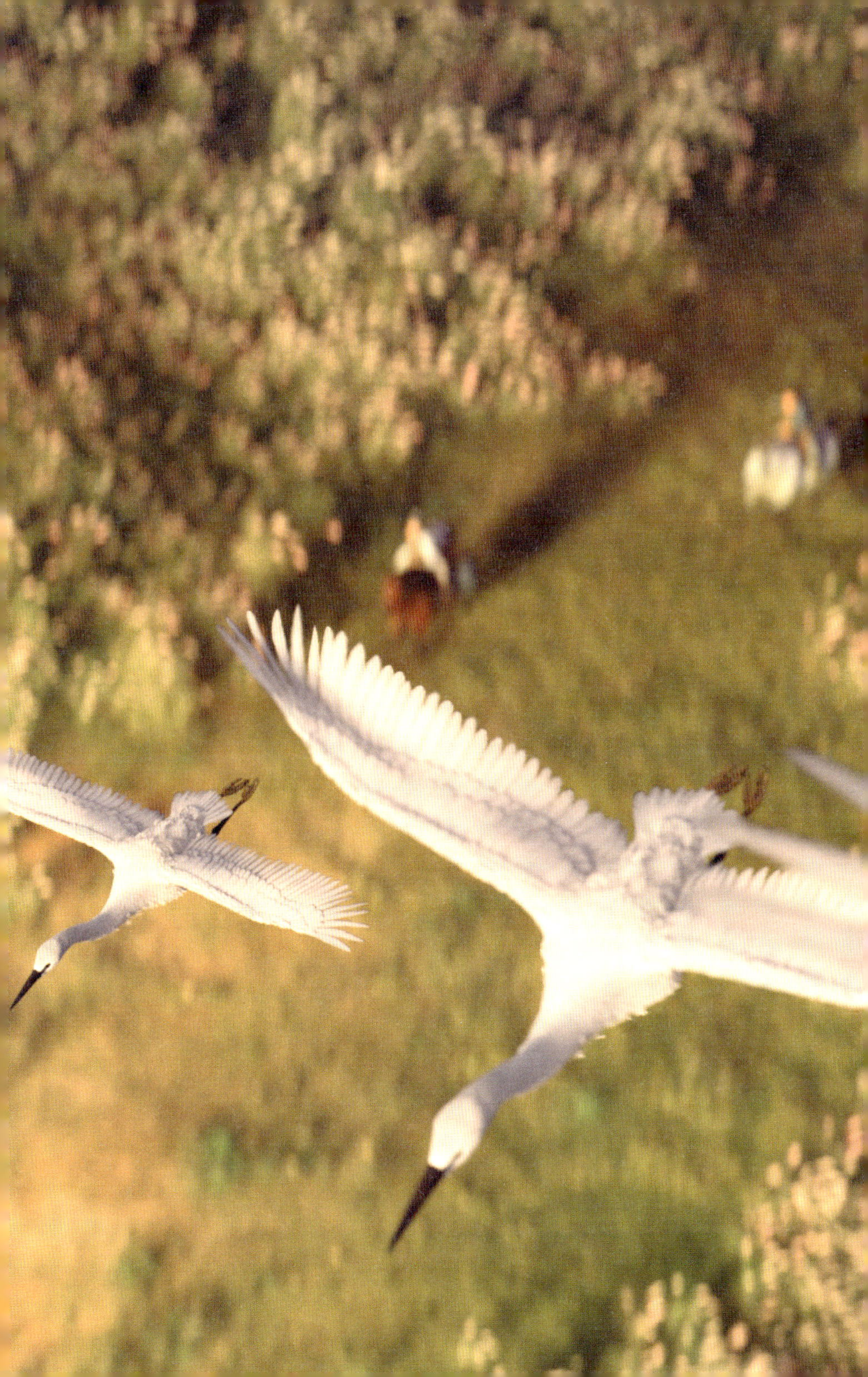

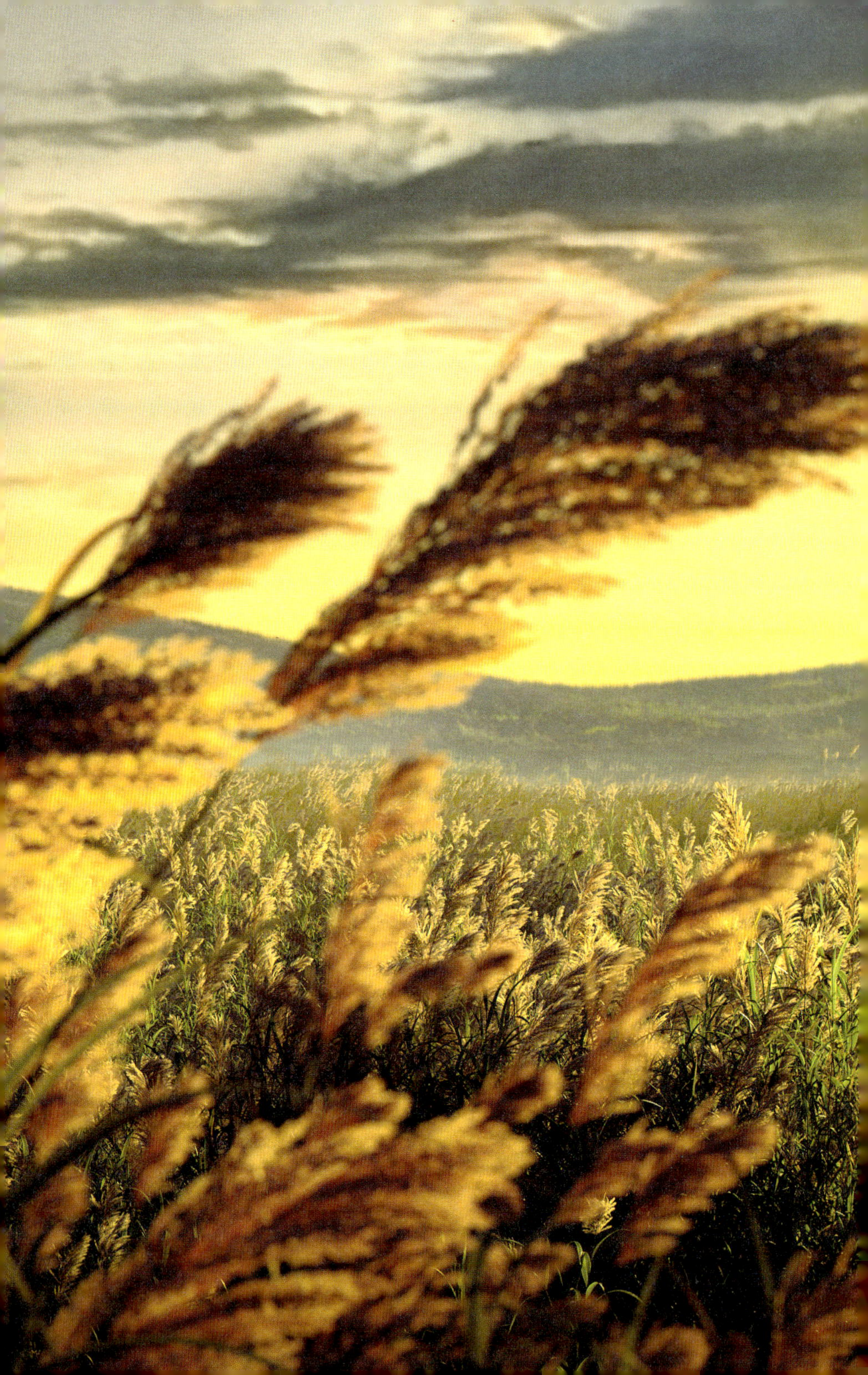

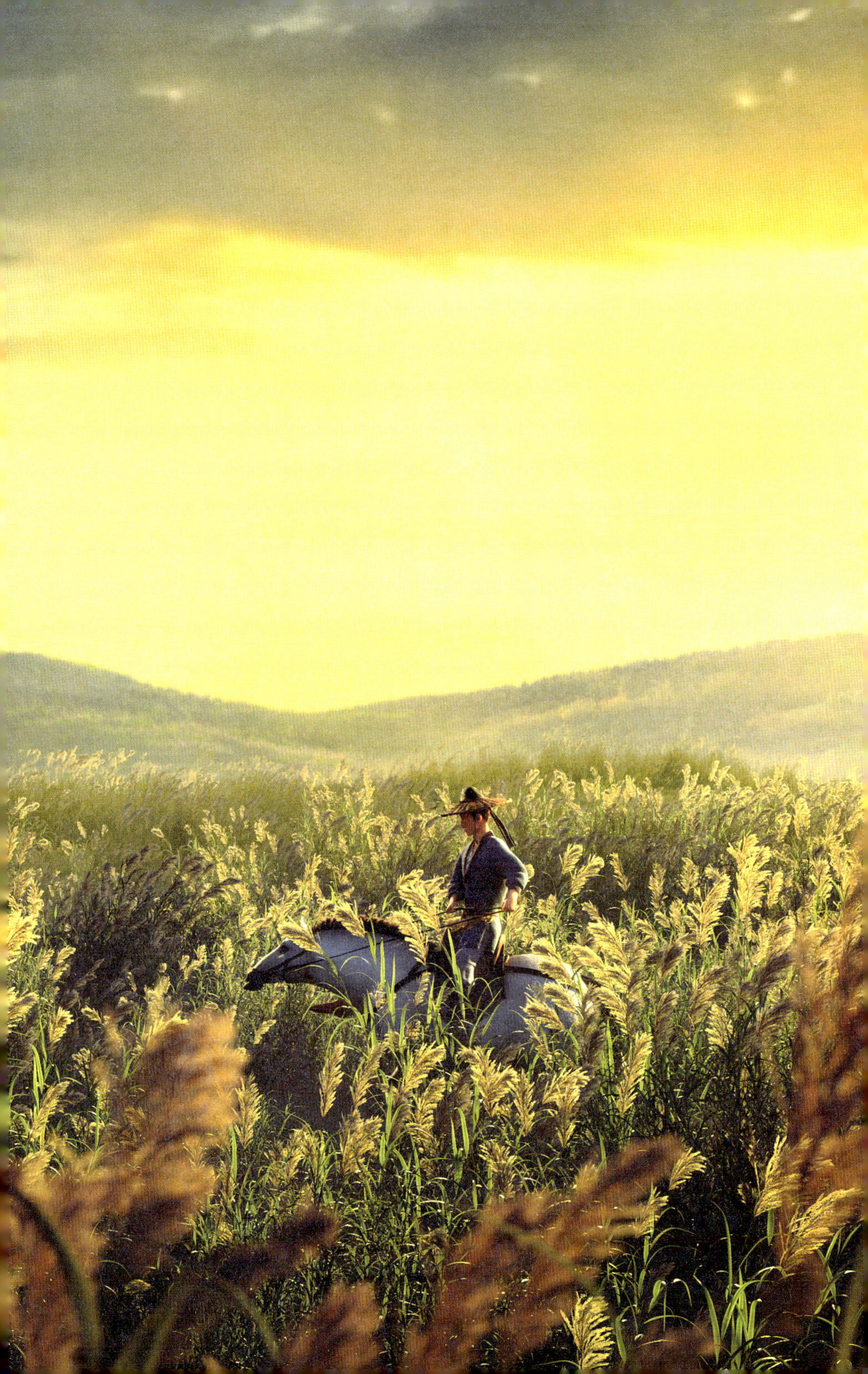

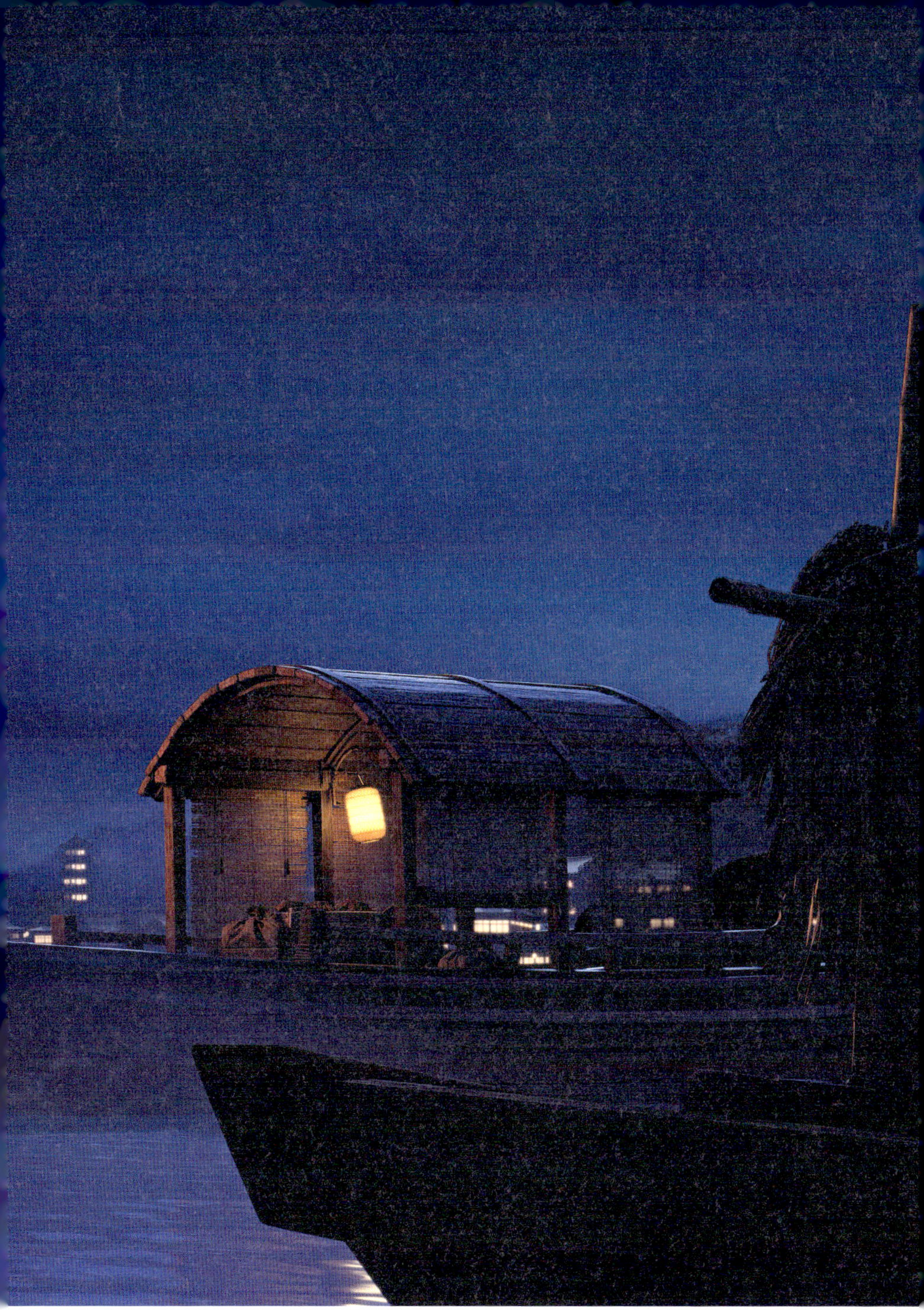

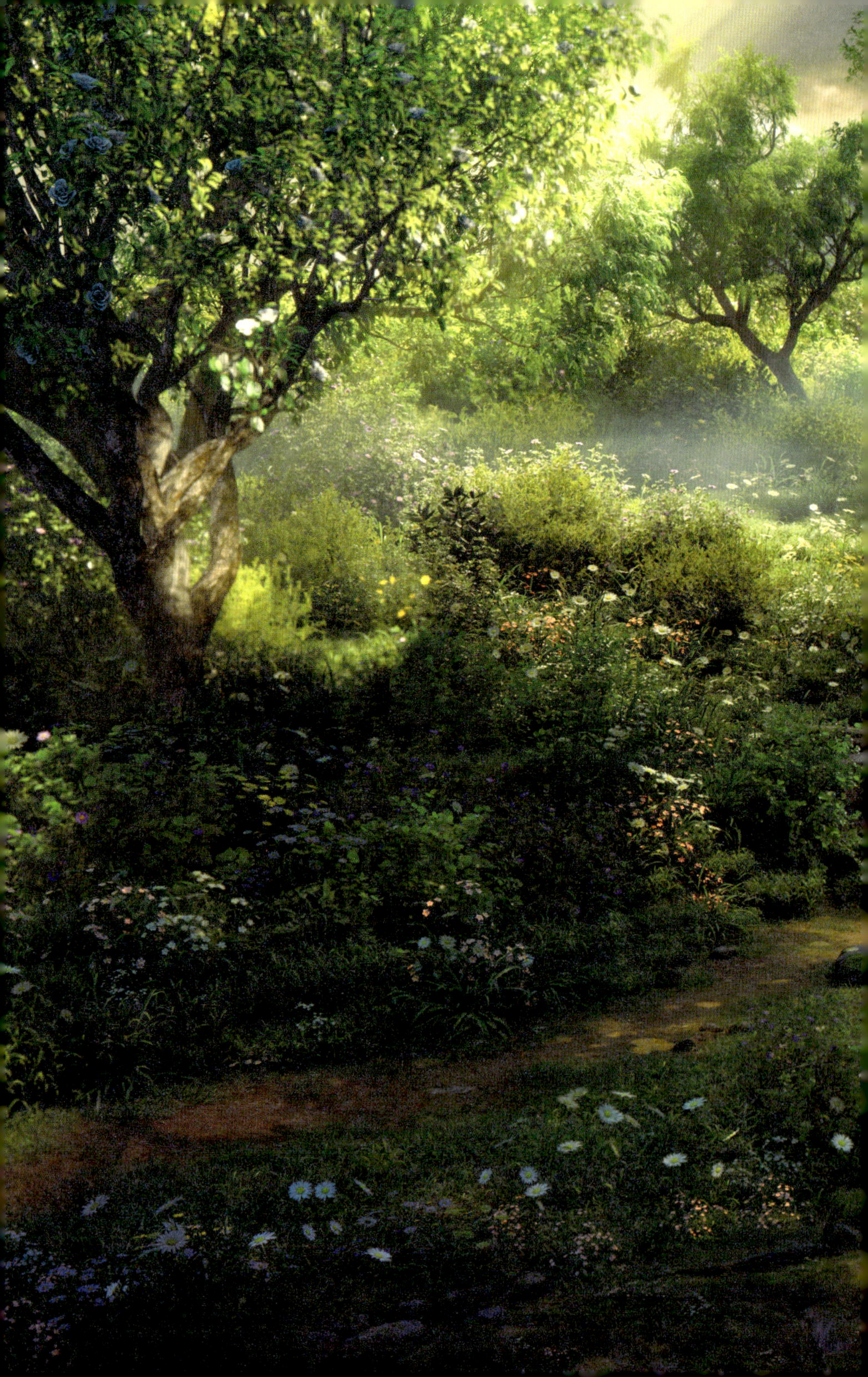

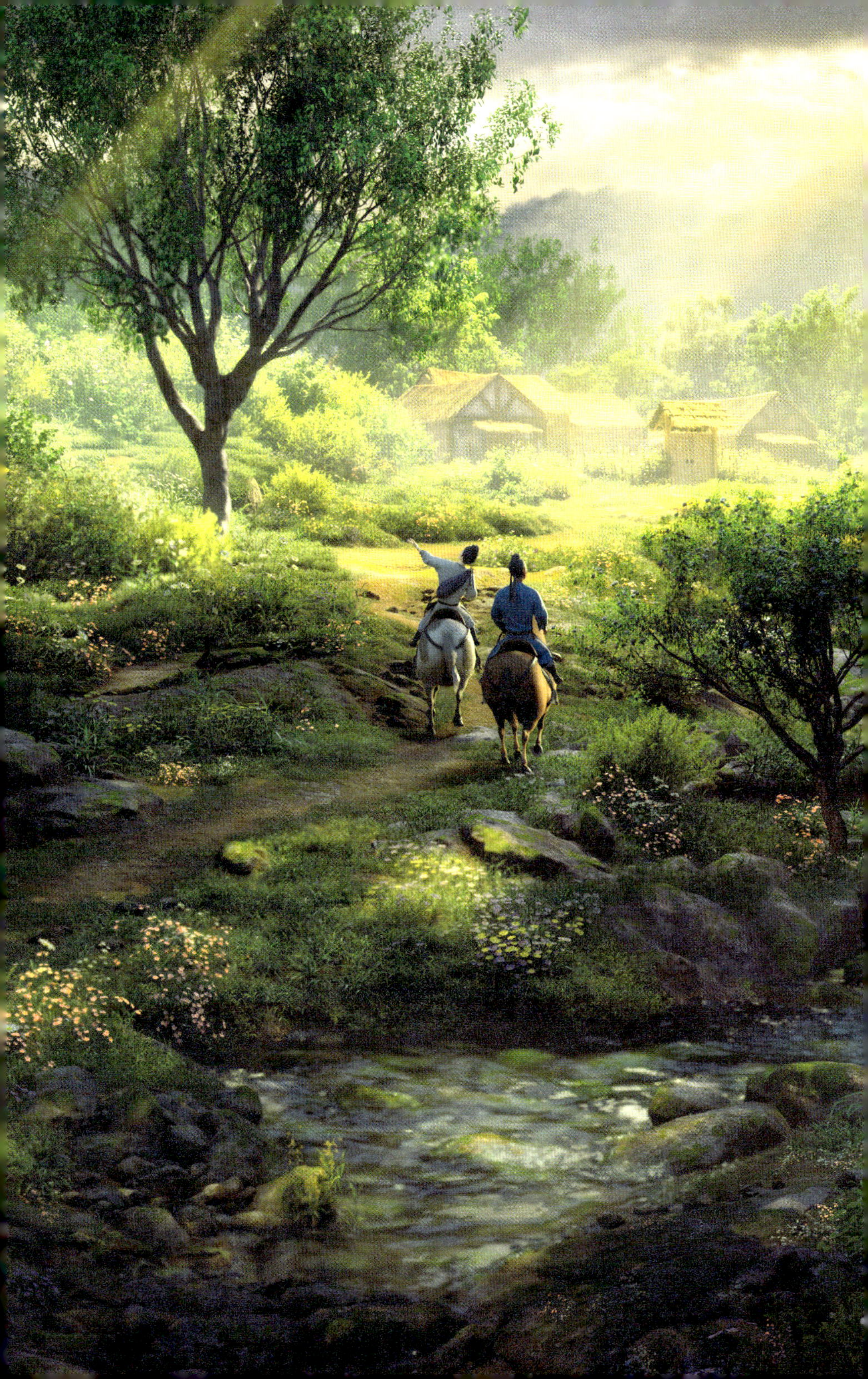

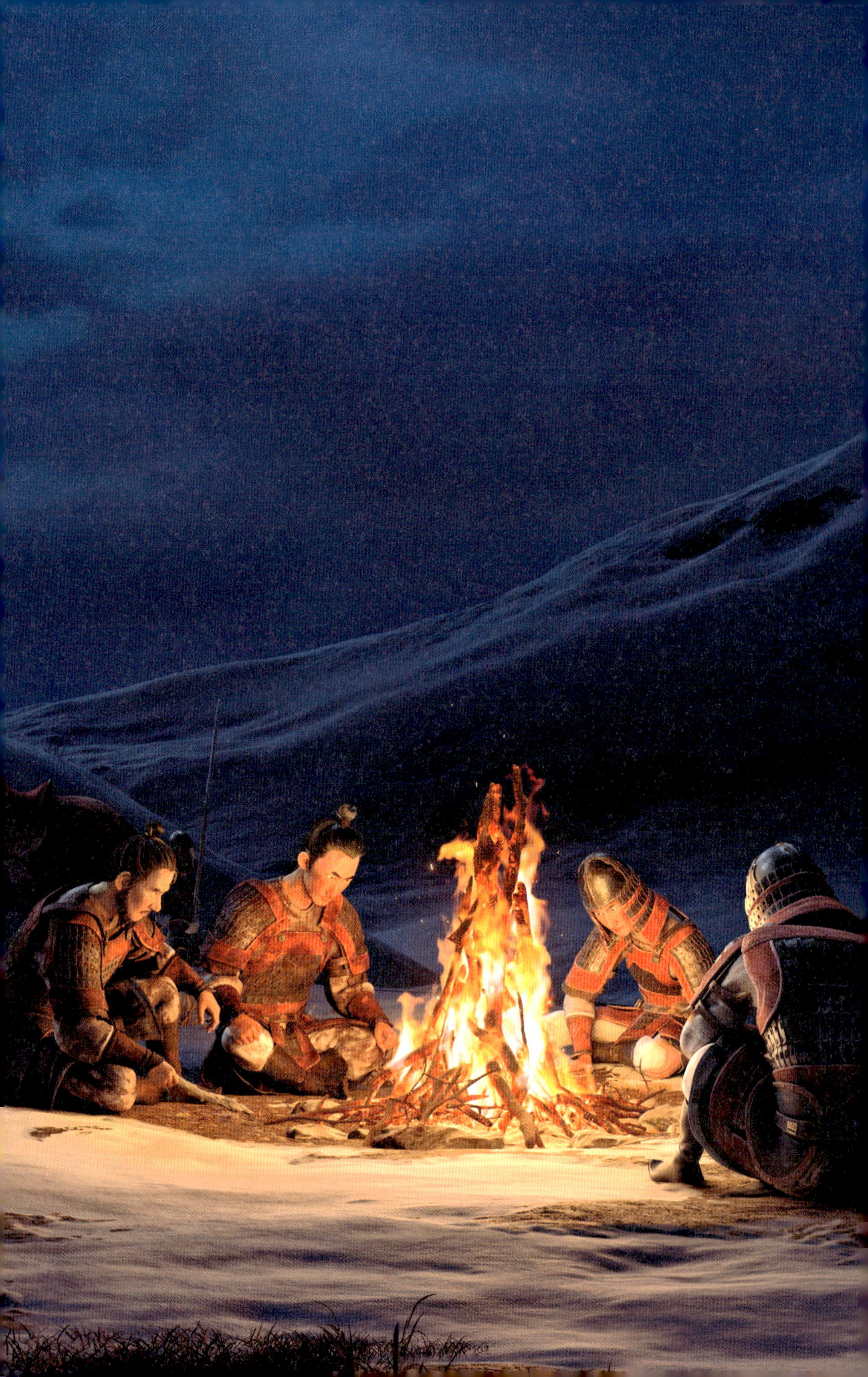

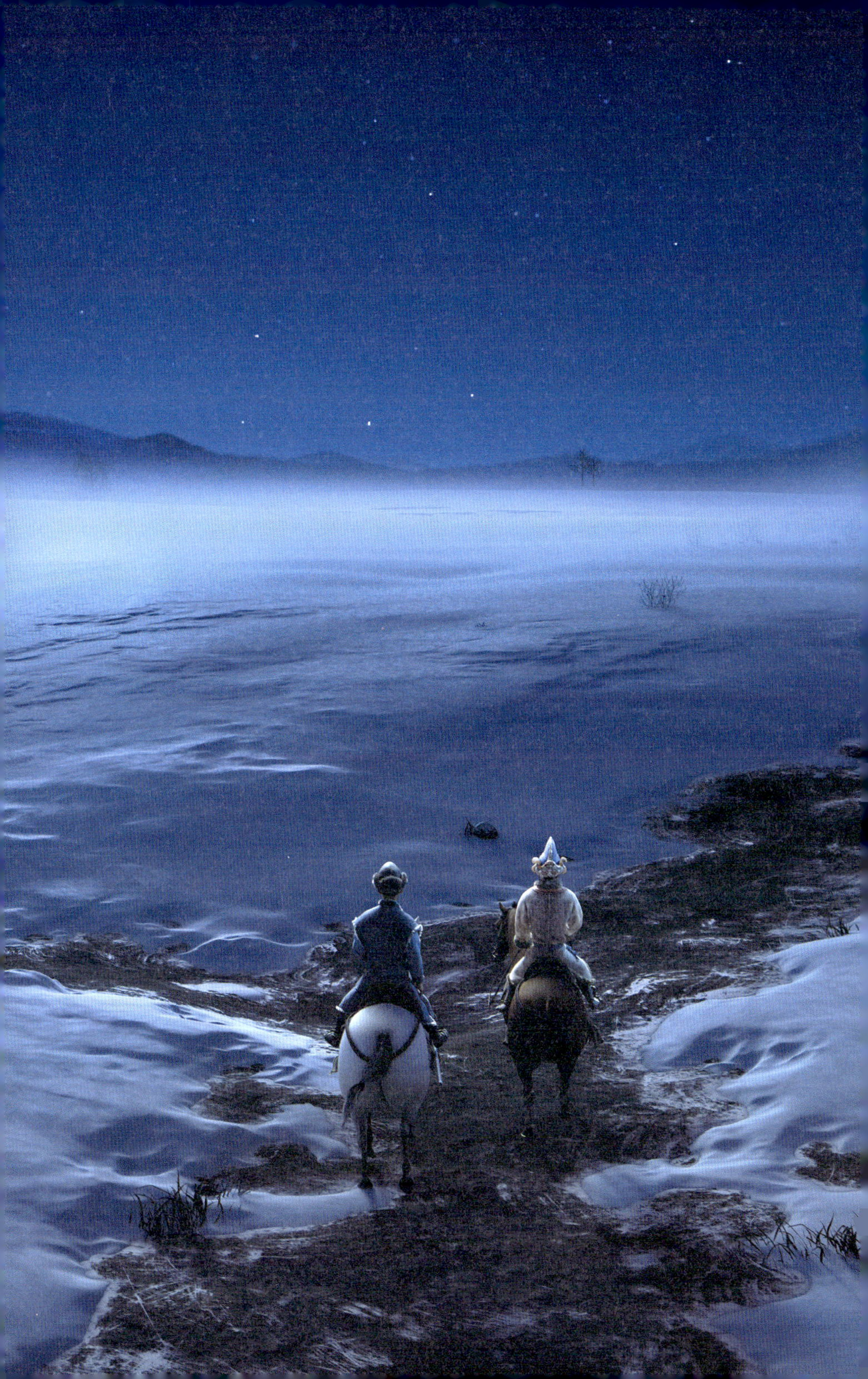

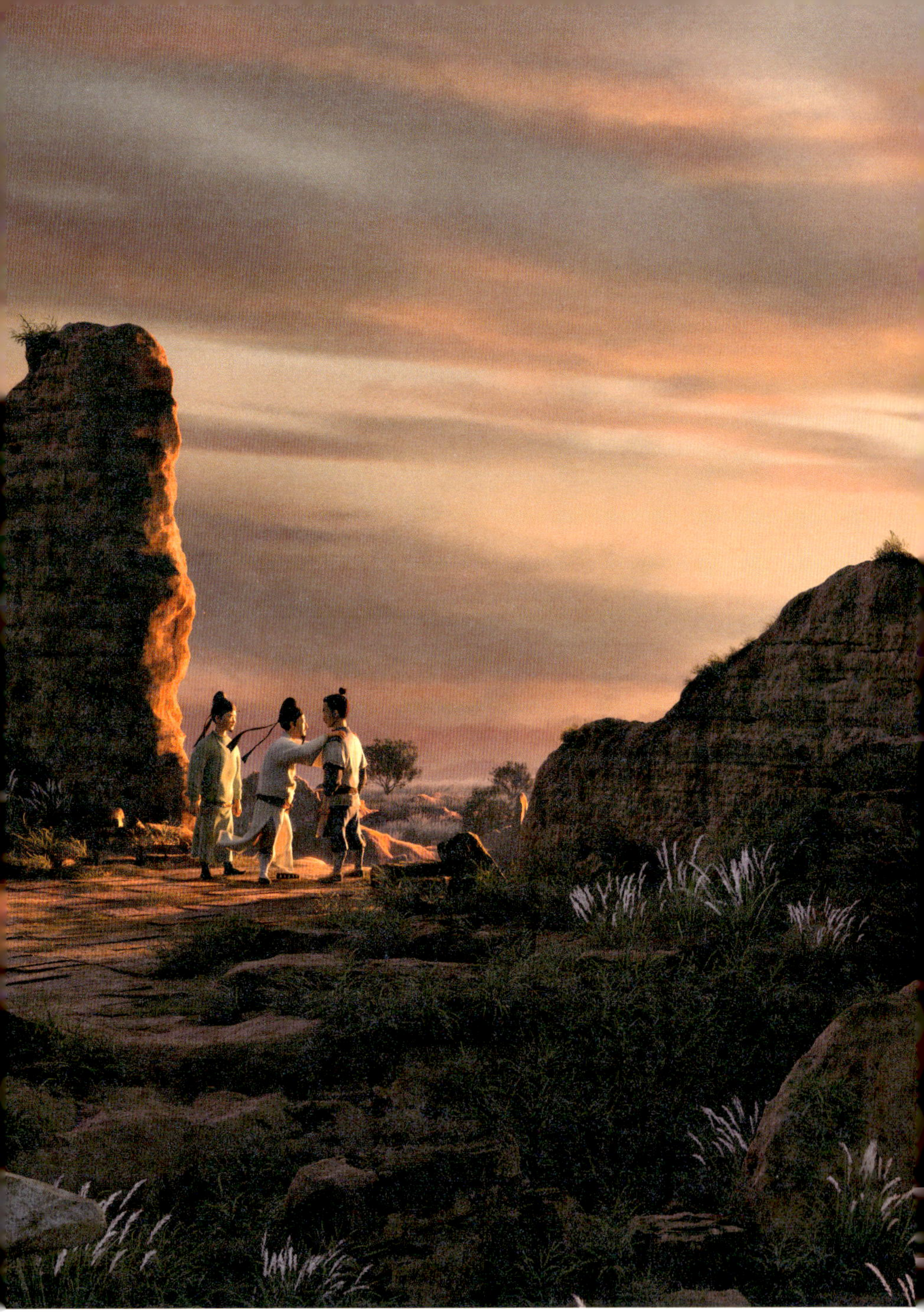

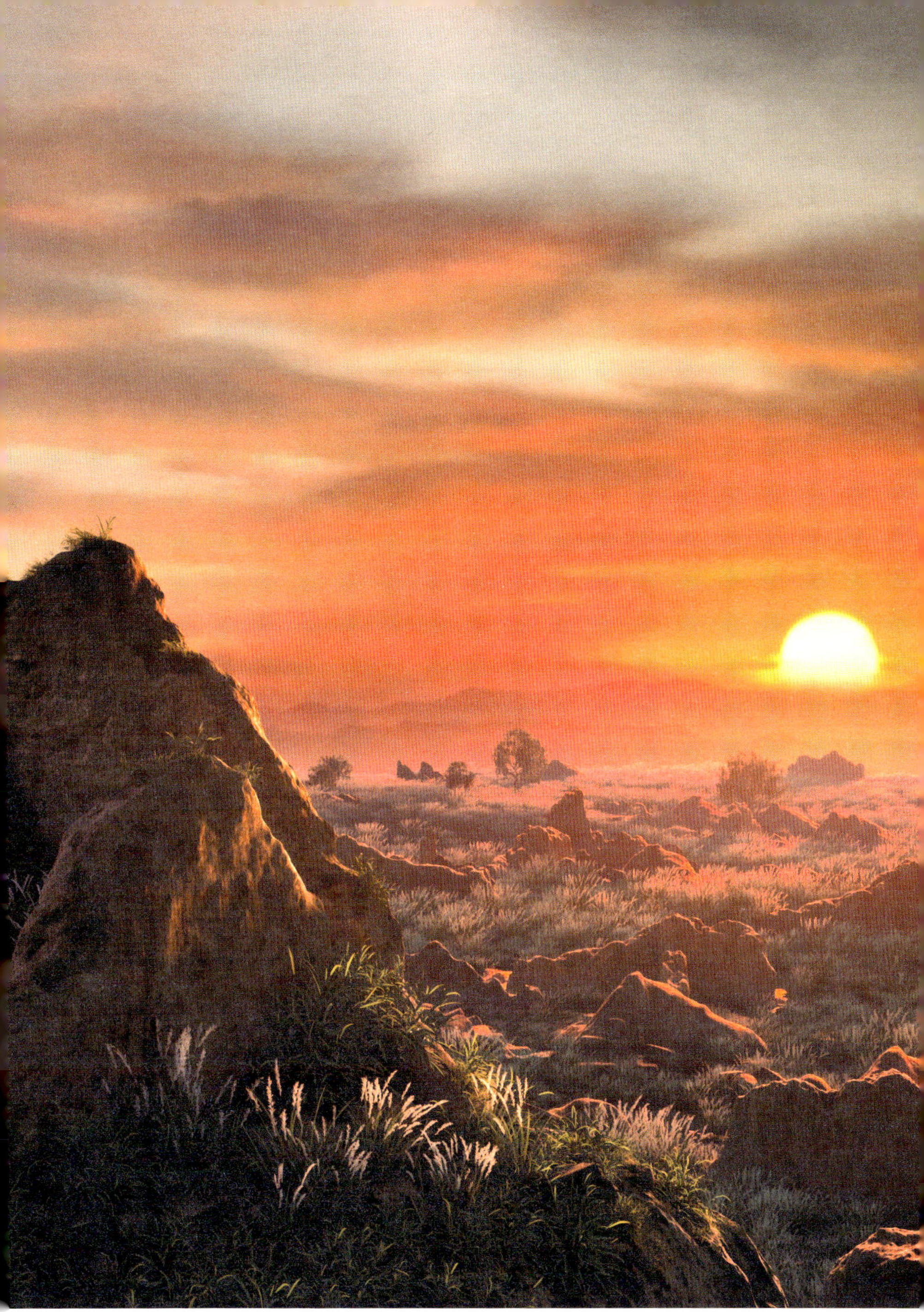

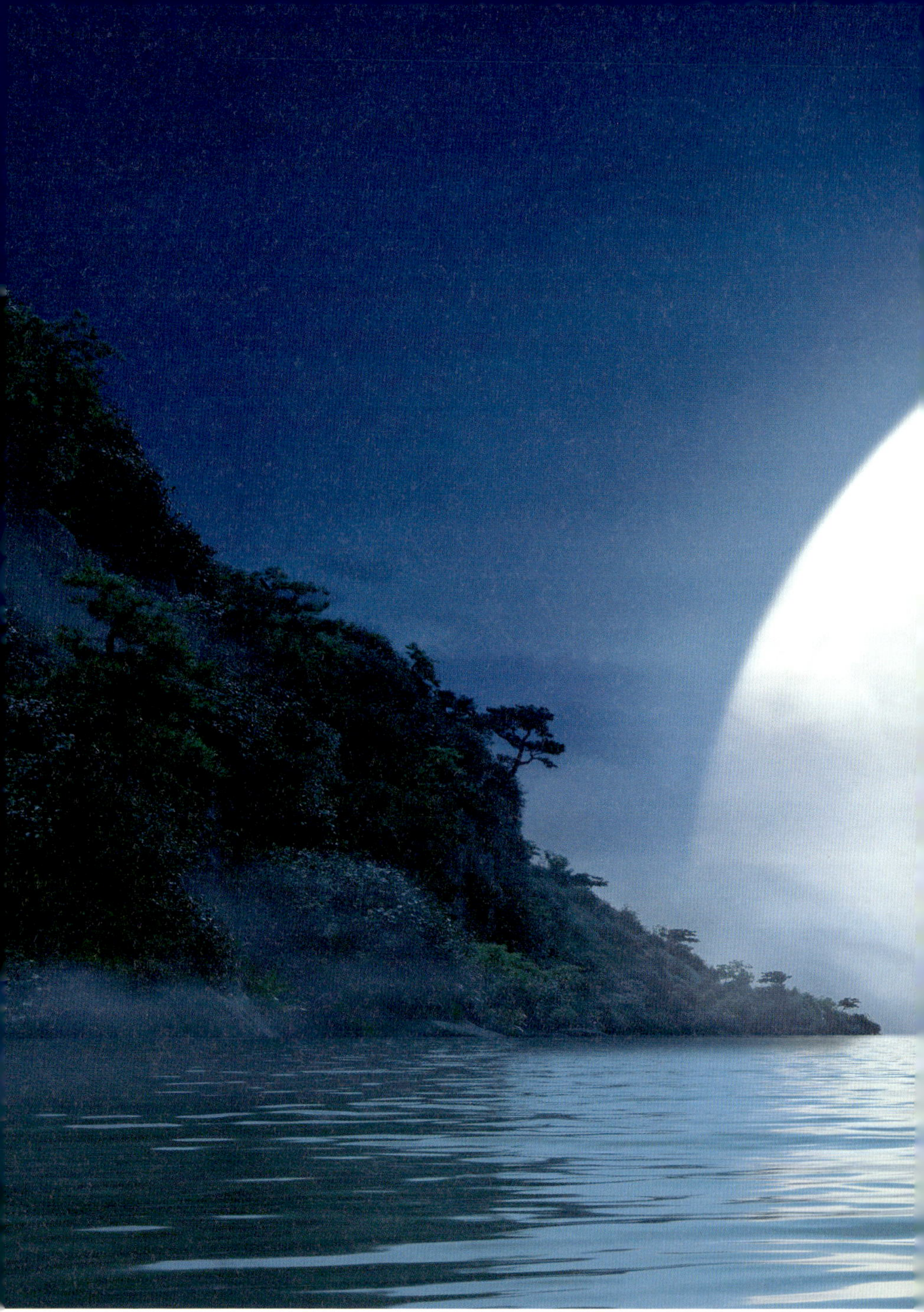

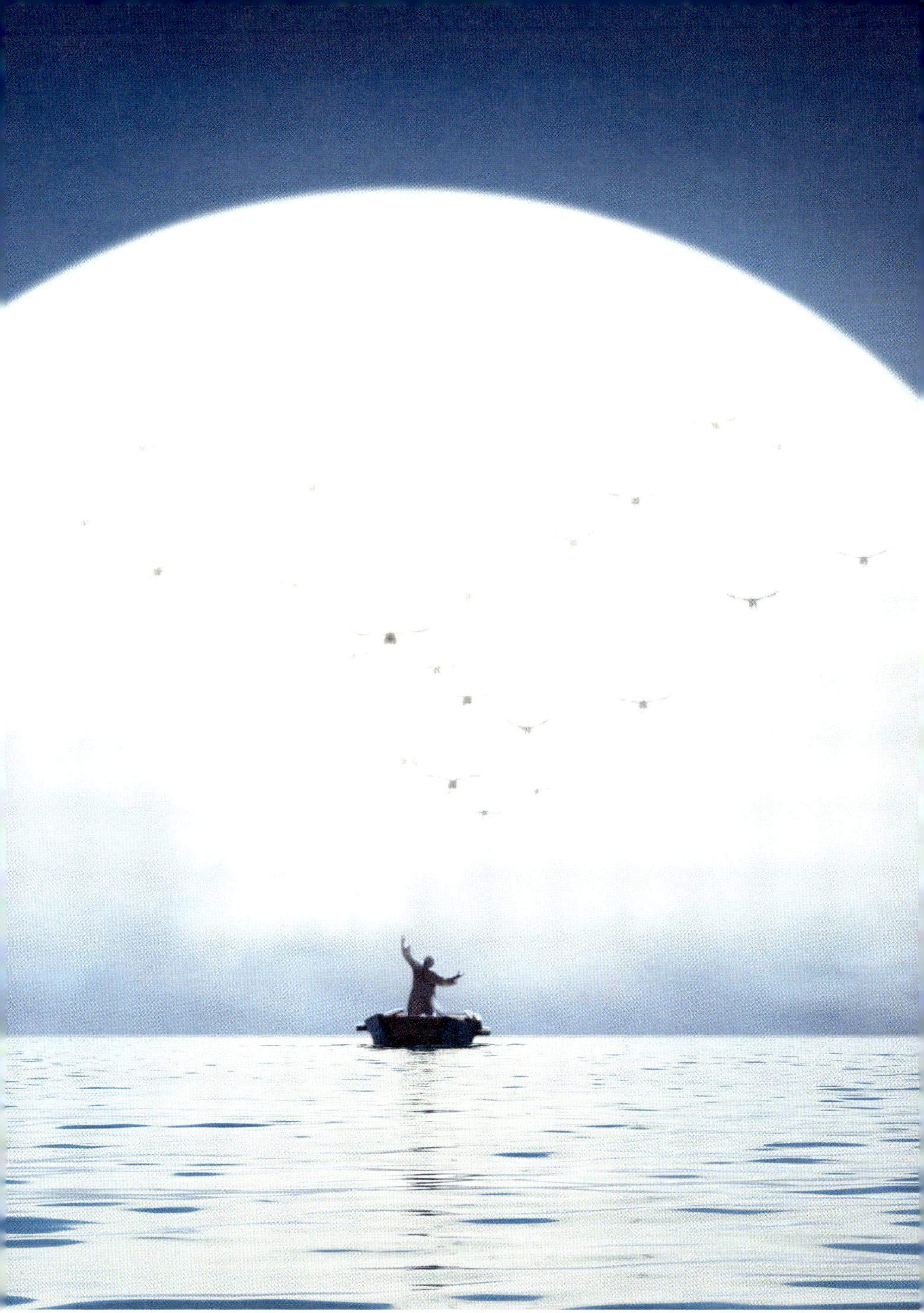

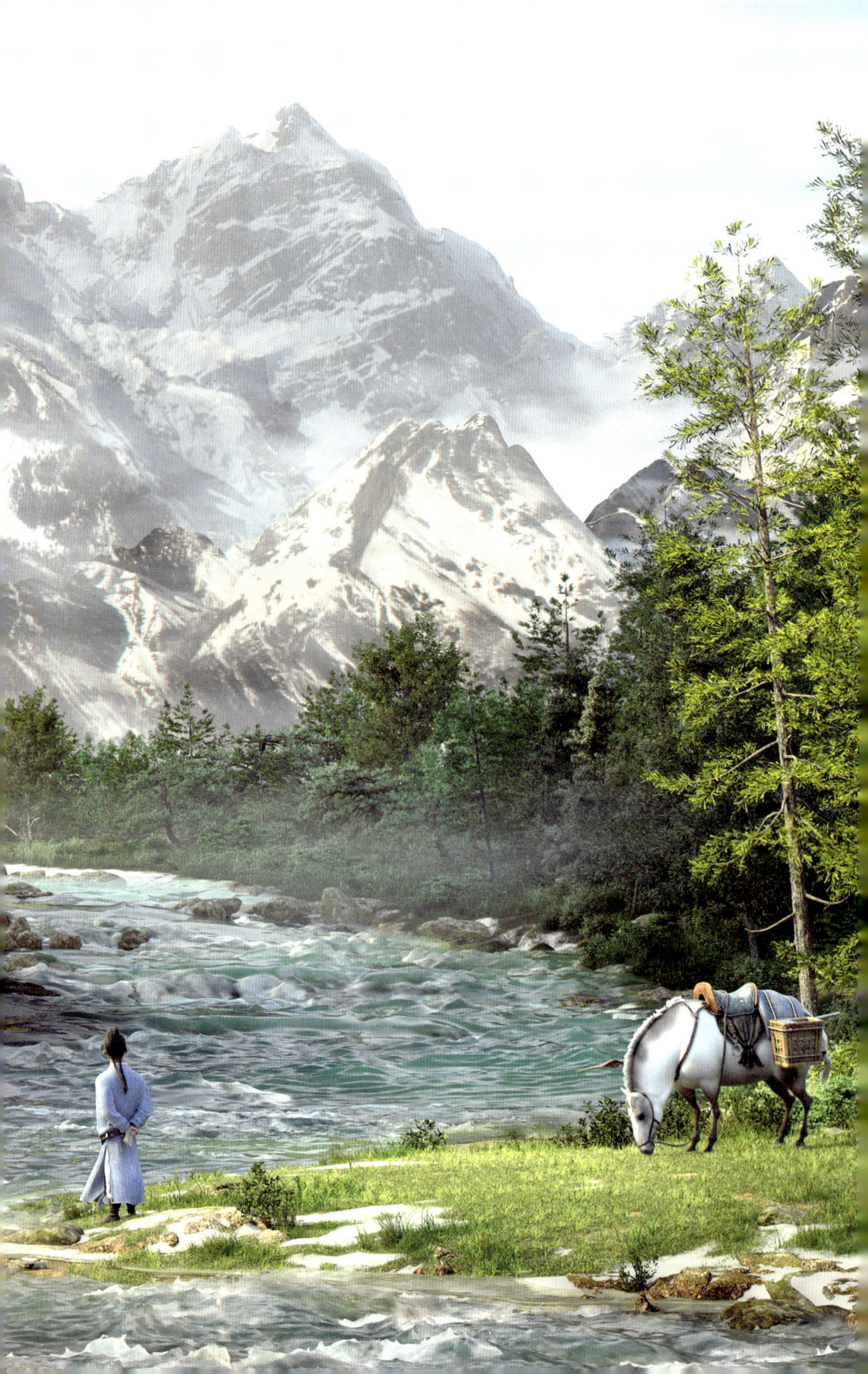

第二章

谪仙风华

11首诗穿越"诗仙"的一生

上李邕

李白

大鹏一日同风起,扶摇直上九万里。
假令风歇时下来,犹能簸却沧溟水。
时人见我恒殊调,闻余大言皆冷笑。
宣父犹能畏后生,丈夫未可轻年少。

李白,字太白,陇西成纪(今甘肃秦安)人,生于碎叶城(今吉尔吉斯斯坦托克马克),幼年迁居剑南道绵州昌隆(今四川江油),中国古代最伟大的诗人之一,被誉为"诗仙",有《李翰林集》传世,今存诗1100余首,内容丰富、题材广泛、思想多元、风格多样。这些诗或情感热烈奔放、想象奇绝,或含蓄曲折、隐喻丰富,或清新平淡、自然天成,是盛唐之音的典型,代表作有《蜀道难》《将进酒》《行路难》《梦游天姥吟留别》《古风五十九首》《登金陵凤凰台》《静夜思》《望庐山瀑布》《早发白帝城》等。

李阳冰在《草堂集序》中评价李白:"其言多似天仙之辞,凡所著述,言多讽兴。自三代已来,风骚之后,驰驱屈、宋,鞭挞扬、马,千载独步,唯公一人。"杜甫也对李白极为推崇,在诗中称赞其"笔落惊风雨,诗成泣鬼神"(《寄李十二白二十韵》)、"清新庾开府,俊逸鲍参军"(《春日忆李白》)。足见李白过人的才情和伟大的创作成就。

李白的一生兼有"儒志""仙思""侠行":在政治上,他奉行儒家理想,渴望"奋其智能,愿为辅弼,使寰区大定,海县清一"(《代寿山答孟少府移文书》);在人格上,他向往道教逍遥,追求"参玄根以比寿,饮元气以充肠;戏旸谷而徘徊,凭炎洲而抑扬"(《大鹏赋》);在立身处世的方法上,他则推崇纵横家的侠义精神,"遍干诸侯""历抵卿相""虽长不满七尺,而心雄万夫"(《与韩荆州书》)。

这种多元化的人生追求,造就了李白后半生的人生道路,使得他蹉跎一生,即便在千载难逢的大唐盛世,即便怀有古今四海数一数二的才华,也终究没能实现上述三个理想中的任何一个。但同时,也正因如此,他的人生道路走得异彩纷呈，最终以独一无二的精彩生命体验，造就了诗国中一伟大奇观。

这首《上李邕》是李白早期的干谒诗作，作于20岁前后，诗中洋溢着一股喷薄而出、难以遏制的青春意气，可以看作李白诗意人生的起点。

诗歌开篇即自比鲲鹏，彰显了飞扬的志气和博大的胸怀。"鲲鹏"的典故出自《庄子·逍遥游》："北冥有鱼，其名为鲲。鲲之大，不知其几千里也。化而为鸟，其名为鹏。鹏之背，不知其几千里也。怒而飞，其翼若垂天之云。"鲲是传说中的大鱼，鹏是由鲲变化的巨鸟，前者可以在水中"簸却沧溟"，掀起滔天巨浪，后者可以在长空振翅翱翔、搏击万里。

由这首诗开始，"大鹏"便成了李白一生的图腾——他无数次在诗文当中以大鹏自比，大鹏的高远之志、奋飞之能、逍遥之态，正是李白人格精神的具象外化。

而对此时的李白，这只初出茅庐、振翅欲飞的"大鹏"而言，李邕为代表的前辈显贵无疑是他想要倚仗的"一阵好风"，只要肯给他借力，自可以凭借其直上九霄、大展宏图，所谓"大鹏一日同风起，扶摇直上九万里"，就是这个意思！而即便李邕这样的前辈不肯借力，凭借李白自己的才华、胆略和英雄气概，依然足以在大唐的庙堂之外、江湖之上掀起独属自己的一阵狂澜，所谓"假令风歇时下来，犹能簸却沧溟水"是也！

只可惜，对于李白的天马行空的境界和特立独行的作为，大多数人非但不能理解，甚至还时常加以调笑。其实，李白对此也并非没有认识，所以才会在"时人见我恒殊调""闻余大言皆冷笑"中，加了"恒""皆"二字，说明大多数人、大多数时候都是难以接纳他的。那既然知道自己很难得到世人的接纳，李白为什么还要去干谒李邕呢？因为在他看来，他所干谒的对象李邕，大概不是一般人吧。

李邕何许人也？他本人是盛唐著名的文学家、书法家，其书法朴实厚重、奇伟倜傥，尤以行书见长，颇有王羲之的风范，而文学方面则以典正雅致的碑文知名，深得唐玄宗的称赏。同时，李邕也是历史上伟大的"《文选》学家"李善的儿子。《文选》是中国古代现存最早、影响最深远的一部诗文总集，素有"《文选》烂，秀才半"的说法，就是说只要熟读《文选》就相当于功名考中了一半。而李白对《文选》也是极为推崇的，一生曾三度拟作，尚且还觉得不够满意。所以此番干谒李邕，除了渴求提携之外，多少也有交流求教的用意。

然而这次李白终究还是失望了,他想到儒家真正的圣贤孔子尚且会感觉"后生可畏",却不料这些远不及之的后学子弟,竟一味轻视自己的"年少"。这一次失意的干谒,在李白生命中算不上多大的挫折,但似乎已经多少能够昭示他坎坷的命运,以及理想与现实间存在着的巨大落差。

《长安三万里》影片中,这首诗出现在李白江夏干谒、行卷失意之后,他先是愤懑地挥剑乱砍,又在高适的呼唤下突然镇定下来,变得若无其事,边走边吟诵出诗中的名句:"大鹏一日随风起,扶摇直上九万里。假令风歇时下来,犹能簸却沧溟水。"干谒失败,于李白而言当然属于"风歇时下",所以他邀高适去黄鹤楼喝上几杯,一尽"簸却沧溟"之意。

的确如影片呈现的一样,李白的干谒每每都是以失败告终。这倒不全因为他是商人之子而被人轻视,相比于社会地位和仕途阻碍,"商人之子"的身份带给李白更大的影响其实在于人格和志趣的养成。李白不像大多数中原的世家子弟一样,从小奉行孔孟经典,遵循儒学道统,而是带有强烈的实用倾向和多元特质。

他"五岁诵六甲,十岁观百家""十五观奇书,作赋凌相如",这是儒家的方法,学来为了做官;他"十五学神仙,仙游未曾歇",这是道家的方法,学来为了修仙;他"十五学剑术,遍干诸侯",这是纵横家的方法,学来为了行侠。儒、仙、侠"三位一体"的人格和理想,让李白与正统的中原文士比起来,显得有些格格不入,因此也很难得到他们的理解与接纳。

但正如前面所说,商人之子的身份和经历,让李白一次次遭遇挫折,站在当时的视角来看,无疑是他人生的大不幸,但若是站在历史的高度上,我们又不禁要感到庆幸,正是这样独特的人格与理想,这样曲折而精彩的人生,才为我们塑造了独一无二的伟大"诗仙"。可谓"失之东隅,收之桑榆",这是历史的另一种圆满。

白纻辞三首(其二)

李白

馆娃日落歌吹深,月寒江清夜沉沉。
美人一笑千黄金,垂罗舞縠扬哀音。
郢中白雪且莫吟,子夜吴歌动君心。
动君心,冀君赏。
愿作天池双鸳鸯,一朝飞去青云上。

《白纻辞三首》是李白开元十五年前后,在吴越青春漫游时创作的一组作品,洋溢着浪漫风采和青春气息。

吴越是六朝故地、文章锦绣之乡,开元十五年是千载盛世、如日中天之时,李白更是大鹏初振翅、意气自飞扬的年纪。大家不难想象,这样的李白,在开元十五年这样的岁月,与吴越这一方山水碰撞在一起,会孕育出怎样的绝代风华!

这首《白纻辞》就是这样的绝代风华孕育出的文学结晶。

"馆娃日落歌吹深，月寒江清夜沉沉"是对吴越佳丽山水和浪漫风情的整体晕染，无论是日落时分的歌舞笙箫，还是月上中天后的江清夜寒，都是吴越别样的美妙风景，总能引人入胜。

这当中"美人一笑千黄金，垂罗舞縠扬哀音"则最能给人留下深刻的印象，纵然千两黄金能博得美人一笑，但他舞动的罗衣之下、婉转的歌声之中蕴含的深情，却只有知音能懂。

想必青春的李白正是这样一位"知音"——"郢中白雪且莫吟，子夜吴歌动君心"，他听出了"郢客白雪"的曲高和寡，动情于"子夜吴歌"的缠绵哀怨，世间知音难觅，只要有人为这曲中之意所感动、所激赏，便不负这美景良辰，不负这款款深情。

由此，诗人联想到了自身——"动君心，冀君赏；愿作天池双鸳鸯，一朝飞去青云上"：我何尝不是这样一位深情的歌者？盼望着有人能赏识我曲中的清音，让我能够与他协力，直上青云！

想必大家也能读出，这是一种理想的表露，在青春漫游的浪漫中，李白时刻没有忘记自己的壮志与信仰。

《长安三万里》影片中，高适初到扬州，赴李白的一年之约，李白却直接拉着他一起去宴会上抢夺舞姬。在经历了一番激烈的水上追逐战后，舞姬终究没有抢来。舞姬为了报答李白的仗义多情，为他隔船跳起柘枝舞。李白也随即击鼓为其伴奏，并朗诵了这首《白纻辞》中"美人一笑千黄金""愿作天池双鸳鸯"等名句。大家注意，这里影片中为了迎合整体相对欢乐的氛围，将原作中的"扬哀音"改作"扬胡音"，这又与柘枝舞这一源于西域的舞蹈风格相匹配。

这几句最能体现江南水乡的浪漫风情，优美的诗句、翩跹的舞蹈、激昂的鼓声、爽朗的欢笑，辅之以桃花流水、灯火列岸，的确容易让人无限沉醉于这如梦似幻的温柔乡里。

然而对于追寻理想刚刚失意，此刻心中仍愤愤不平的高适而言，恐怕是无闲欣赏江南美景，也无心留恋这份浪漫风情的，他原本满心期待同李白一道重燃斗志，继续奋发拼搏，却看到李白终日沉迷声色，放浪形骸，一股失望与不满的情绪，也就渐渐涌上了心头。

> 青春已复过,
> 白日忽相催。

寄远十二首（其四）

李白

玉箸落春镜，坐愁湖阳水。
闻与阴丽华，风烟接邻里。
青春已复过，白日忽相催。
但恐荷花晚，令人意已摧。
相思不惜梦，日夜向阳台。

解读

　　《寄远十二首》同样是李白在吴越青春漫游时所作，看题目就知道，"寄远"就是寄信给远方的亲人，所以整体是一组表达对家乡和亲人思念的作品，这里选取的是组诗中的第四首。

　　古人容易伤春，因为每到春日，年华就老了一岁，所以对着镜子，看见自己日渐衰老的容颜，眼泪就会忍不住落下，滴滴汇入家门前的湖阳之水。湖阳是何所在？那是光武帝皇后阴丽华的故乡。自古有谚语："仕宦当作执金吾，娶妻当得阴丽华。"阴丽华与汉光武帝的爱情堪称典范，他们结识于布衣市井，相伴于战火纷飞，最终登上至尊之位，白头偕老，可谓是事业、爱情双丰收。任何人与他们相比，都只有羡慕和感叹的份儿，更何况面对着一去不返的青春，尚且一事无成、姻缘未就的人呢？

除了伤春，古人还会悲秋，因为秋天临近岁暮，除了时光的催促，还多了生命的凋零。随着秋风吹败盛开的荷花，仿佛自己美好生命的流逝，也禁不起几次秋风秋雨的洗礼。想到这里，心中对所思之人、所念之事的思念就又加重几重，然而思绪不能在现实中得到弥补，也就只好把这相思情，融入睡梦中，日夜兼程，奔向那遥远的阳台去了。此处"阳台"指宋玉《高唐赋》中的地名，意指夫妻欢聚之地。

诗歌由春水明镜写起，感慨年华老去，青春匆匆；又因所处之地，念及古人的巅峰事业和美满爱情，而自伤起人生的坎坷蹉跎和形单影只。总的来说，表达了现实的失意与对美好人生的憧憬。

《长安三万里》影片中，这首诗同样出现在李白等人抢夺舞姬的情节中。一支柘枝舞罢，一首《白纻辞》终，两舟分开，渐行渐远，李白感慨地念出了这首《寄远》中"青春已复过，白日忽相催。但恐荷花晚，令人意已摧"的诗句，流露出些许失落与孤独，"相思不惜梦，日夜向阳台"的结尾，则又多了几分希冀与憧憬。

此时浪迹扬州的李白，正可谓是"青春已复过，白日忽相催。但恐荷花晚，令人意已摧"。背井离乡，孤身一人，追逐理想，屡屡受挫。江南的青山秀水、舞榭歌台、青春诗酒当然能给他足够的快乐与逍遥，却也经受不住岁月的持续催逼。一片枯荷、一叶落木，随时提醒着他青春已一去不返。

然而即便如此，李白依然坚信浪漫，坚持洒脱，坚定理想，向往和憧憬着梦境的成真、奇迹的发生。正如高适评价的那样，他是第一号的天生奇才，也是第一号的天真幼稚！

静夜思

李白

床前明月光,疑是地上霜。
举头望明月,低头思故乡。

这篇作品想必是这本书中大家最熟悉的一首了!应该是大家从小就会背,并且能铭记一生的,因为它朗朗上口,因为它明白如话,因为它用最简单的语言道出了人类最朴素也最普遍的情感,那就是对家乡和亲人的深切眷恋。但对于这首诗背后的故事,恐怕大家未必熟悉。

《静夜思》作于李白刚刚结束青春漫游后不久,卧病谪居淮南的时候。正如上一篇诗作中所说，李白的青春漫游，既有浪漫情调，也有坎坷迷思，而当漫游的行程结束，不再源源不断产生浪漫情调的时候，因为人生坎坷、岁月蹉跎而带来的青春迷思，就更加浓烈了。也正因这种青春迷思的浓烈，他对于家乡和亲人的思念也就愈发迫切了，因为人往往在最孤单、最失落、最愁苦的时候，会更加需要和依赖来自乡情、亲情的慰藉。

一个孤单的月夜，在淮南丘陵中的一个小屋之内，李白四顾无人，回想起漫游途中的那些浪漫美好的记忆，回想起两三年前离家之际的踌躇满志，回想起自己过去二十年的壮志和求索，再看看此时的处境，方知什么叫岁月蹉跎，什么叫理想与现实的落差，昏暗的夜色一如他暗淡的前程。这时，明月的清辉洒落床前，李白迷离的眼神竟一度将它误作了寒夜的秋霜，月光与秋霜，的确都是清澈、光明，只不过后者多了一丝寒意，像极了李白的心境。

为了不辜负这可贵的光明，李白抬头仰望，去找寻它的源头，正看见天空当中高悬的一轮明月，是那样光明，是那样圆满，月色依稀中，他仿佛看见了家乡的灯火，看见了亲人的笑颜。明月自古寓意着团圆、寓意着美好，而对此时的李白而言，这一切都像这轮明月般，可望而不可即，于是他低下头来,暗自思量,想念家乡的父母兄弟,想念大匡山那一番读书的好天地,想念那与书剑相伴的少年岁月。

看得出来,李白这个时候需要一个温暖的家了。不久之后,李白经人介绍,结识了前宰相许圉师家的孙女,并入赘安陆许氏为婿,开启了第一段婚姻生活。

《长安三万里》影片正是将这首诗的背景安排在李白即将入赘安陆许氏之际,影片中李白青春失意和渴求归宿的处境,与这首诗的创作环境和表达的思想正相符。

同时,影片中更多了对李白家境变化的演绎,片中介绍:李白的父亲在西蜀去世,兄长分割家产时认为他挥霍过多,并没有分给他。想到没能与天地间最疼爱自己的父亲见上最后一面,想到亲兄弟竟对他如此绝情,想到天地之大竟再无一个真心爱他之人,李白感受到了无尽的孤独。"举头望明月,低头思故乡",思的不仅仅是故乡,更是那温情陪伴、共享天伦、无忧无虑的童年。

当然,与生命中第一个家庭离别的同时,李白即将迎来第二个家庭。他此行来找高适的一个目的,就是询问他关于是否入赘安陆许氏的意见。许氏是高宗朝宰相许圉师之后,湖北安陆当地的豪门大族,与之联姻可能对他的人生和仕途有所帮助，但同时也必将因为成了赘婿，饱受世人的白眼。

不过，与影片中呈现略有不同的是，李白的第一段婚姻生活其实很幸福。与许氏夫人成婚后，李白夫妇搬到了安陆城北寿山之上，过起了避世隐居、世外桃源般的生活，这期间他与夫人不但孕育了一儿一女，还留下了《山中问答》《山中与幽人对酌》等极具浪漫风采的名篇，同时也不断为重拾理想、投身盛世做着准备。可以说，这段婚姻爱情消除了李白的青春迷思，弥补了他因漫游失意而产生的彷徨苦痛，对他的人生有着十分重大的意义。

只可惜，伉俪情深十余年之后，许氏夫人因病离世，李白只得带着一双儿女离开了这片埋葬他青春与爱情的伤心之地。

黄鹤楼送孟浩然之广陵

李白

故人西辞黄鹤楼,烟花三月下扬州。
孤帆远影碧空尽,唯见长江天际流。

  李白在定居安陆的十年间,结识了相距不远、隐居在襄阳鹿门山的孟浩然,两人时常有往来唱和。

  孟浩然是盛唐数一数二的山水田园诗人,李白对他的声名也是早有耳闻。李白与孟浩然二人在性格上有着极高的相似性,都逍遥世外、钟情山水,也都率性自然、洒脱不羁,因此他们的相交可以说是一拍即合。

李白也毫不吝惜在诗中表达自己对于孟浩然的喜爱和推崇："吾爱孟夫子，风流天下闻。红颜弃轩冕，白首卧松云。"（《赠孟浩然》）敬重他不慕功名、摒弃世事喧嚣的泰然境界。而这首《黄鹤楼送孟浩然之广陵》虽是离别之作，却也是二位诗人伟大友谊的绝佳注脚。

开元二十年（732年）前后，孟浩然计划前往扬州漫游，李白闻知，便从安陆赶往他东下的必经之地——江夏为他送行。江夏也就是如今的武汉，是汉水汇入长江之处，江边有一座著名的酒楼名为黄鹤楼。大诗人崔颢曾在这里写下了著名的《黄鹤楼》一诗，刚刚出峡的李白路过这里，虽然满怀诗情，但面对这样一篇佳作也不得不为之搁笔。

而今，他为了送别孟浩然，再度来到黄鹤楼，当两人饮罢饯行酒，孟浩然登舟离去，眼看着极为崇敬的友人渐渐消失在江水的尽头，也不知何时才能重聚，满腔的离愁别绪涌上李白的心间，也就根本顾不得什么"崔颢题诗在上头"了，于是也就有了关于黄鹤楼的另一首传世名作！

"故人"就是老朋友孟浩然，他向西辞别黄鹤楼，乘船往东而去，在这烟花如织的烂漫三月里，将要远赴浪漫的扬州。李白朝着他离去的方向深情眺望，一片孤帆渐行渐远，慢慢地消失在了碧空的尽头，只剩下滚滚长江仍在朝着远方日夜不停地奔流。

诗中流露出的，除了表面的分别，还有更为深沉的人生感悟。活在世上的每个人，何尝不像是浩瀚水天之间的一叶孤帆，时而风平浪静，时而波涛汹涌，有着太多的来来往往、东奔西忙。而无论个体如何，长江总在那里自西向东无尽地奔流，片刻不停，就像历史的进程与规律，不会以人的意志为转移，一切的分别、失落、迷茫，都是不可逃脱的命中注定。想到这里，一种怅然若失之感萦绕在李白的心头。

值得一提的是，对于李白和孟浩然而言，这次分离也是他们的诀别。两年之后，李白再度经由襄阳北上，孟浩然没能为其送别，而八年之后，孟浩然病逝于襄阳，身在东鲁的李白也没能陪伴他最后一程。两位伟大的浪漫诗人，将最美的友谊都留给了最好的年华，留给了最浪漫的盛唐时代，这也许也是命运的安排。

在《长安三万里》影片中，询问孟浩然入赘意见得到"当"的回复之后，李白终于下定了决心，释去心头疑惑、找到人生方向的他邀高适再登黄鹤楼。酒酣之际，李白又想起多年前为崔颢《黄鹤楼》搁笔的旧事，不禁诗兴大发，再度发起挑战，终于写下了这首《黄鹤楼送孟浩然之广陵》。

然而，当他兴高采烈地返回酒桌，想要和高适分享此刻的释怀与喜悦，却发现这位知己已悄然离开，只留下"当"字背后那一个大大的"否"。

孟浩然和高适都是李白的好朋友，从另一个角度来看，也可以说他们很好地体现了李白性格中的两个侧面——李白兼济天下、海县清一的壮志，与高适不谋而合，他逍遥独立、飘飘羽化的仙思，则与孟浩然浑然一致。对于"是否入赘安陆许氏"这样一个既为了人生理想，又关乎人格独立的大问题，他当然要向这两个挚友询问，从而听到虽是不同立场，但都出自各自内心深处的声音。

而当代表着李白自在逍遥一面的孟浩然给出一个"当"的答案时，李白真的一度释怀了，因为对于渴望借助许氏门第而达成政治抱负的他来说，屈心逆志才是他最大的心结。然而，万万没想到，反倒是在黄鹤楼中，象征着李白壮志理想人格的高适，却终究还是让"否"萦绕在他心头。

后来的剧情发展也的确印证了，在这件关乎人生出处行藏的大事上，李白最终还是没有彻底想明白，他的岳父和妻子相继去世，家产归属了许家的远房侄子，原本想通过联姻获得的一切，终都成空。

行路难 三首（其一）

李白

金樽清酒斗十千，玉盘珍羞直万钱。
停杯投箸不能食，拔剑四顾心茫然。
欲渡黄河冰塞川，将登太行雪满山。
闲来垂钓碧溪上，忽复乘舟梦日边。
行路难，行路难，多歧路，今安在？
长风破浪会有时，直挂云帆济沧海！

这首诗是开元二十五年（737年）前后，李白初入长安求仕，失败后所作。

对于盛唐士子而言，想要在仕途上一展抱负，一般有五条道路可走。一是门荫，父亲是五品以上官员，儿子可以直接入仕做官；二是科举，就是大家熟悉的，通过考试求取功名。这两条路，对于身为商人之子的李白而言是走不通的。

剩下的三条，分别是从军出塞、隐居邀名和干谒亲贵。这一次，李白选择了后者，因为与他"平交王侯"的追求最符合。

事实上，李白此前已经干谒了不少达官显宦，比如前面提到的李邕，还有苏颋、韩朝宗、司马承祯等人，但始终没有获得实际成效。而这一次，他把干谒的目光，聚焦在了唐玄宗的亲妹妹玉真公主身上。

在有着女主政治传统的盛唐，玉真公主对朝廷选拔和人才任用方面的影响是举足轻重的，比如大诗人王维就曾经走了她的门路。同时，玉真公主又有两大爱好，一是听歌读诗，二是求仙访道，这不正中李白的下怀吗！

然而，由于一些小人的猜忌和谗言，玉真公主虽然对李白很赏识，却依然还是没有给予他实际的提携，他的初次长安之行，最终以失败落幕。所谓"不平则鸣"，李白怀着满腔愤懑离开长安，临行之际将所有的情绪与感慨化作了诗篇倾诉出来，成了著名的《行路难》。

我们最熟悉的是其中的第一首，着重表现的是败走长安后的处境以及对前路的展望：金樽之中盛满了一斗十千的美酒，玉盘之上也盛放着价值万钱的珍馐美馔，面对着如此盛宴，李白却停杯投箸，无心享用，侠义至上的他恨不得拔出宝剑斩杀一切奸邪，却只能四顾茫然，不知何处下手。

他明白，天下的小人是斩不尽、杀不绝的，就像阻塞黄河的坚冰和覆盖太行的暴雪一样，将布衣士子进取的道路根本隔断，恶劣的不是某一个人，而是整个环境。面对这般险境，李白能选择的不过是像姜太公一样去碧溪上垂钓，等待时机到来，或是像伊尹一样做着日边乘舟的美梦，渴求它早些实现，机遇尚未成熟，又能做些什么呢？

对于自命不凡的李白而言，长安之行的打击是巨大的，以至于他接受了一个事实——于他而言，追求政治理想的时机未到，这是此前任何一次失意之后他都没有产生过的念头。于是，李白感慨：人生之路不易啊，如此多的歧途迷踪，如今将我引向了何处呢？既然时机尚未成熟，那便等待长风到来之日，再乘风破浪，高挂云帆，横渡沧海吧！

所以，从最后两句诗中，我们能读出的是希望与豪迈，而当了解了这首诗的创作背景和李白的心态变化，则更多地感受到一份失落与无奈。

在《长安三万里》影片中，这首诗出现在李白、高适于驿站共救郭子仪之后，分别之时，李白诵出了诗中的最后六句："行路难，行路难，多歧路，今安在？长风破浪会有时，直挂云帆济沧海！"

高适为救郭子仪，许诺出塞从军，有朝一日加入哥舒翰的幕府，此时要回宋中继续修习；李白则为揭露安禄山的狼子野心，打算只身入都，渴望唤起统治者的醒悟。二人此地分别，再度踏上了人生的"歧路"。然而他们的目标却是一致的，那就是依然在以个人不懈的努力，为时代和家国奉献青春与热血，可以说是殊途而同归。

就像"长风破浪会有时，直挂云帆济沧海"这两句诗所表达的，此时的分离，是为了他日乘风，在顶端相聚，这既是李白与高适彼此的互相勉励，也足以穿越千载，给我们以坚定的力量和信念。

南陵别儿童入京

李白

白酒新熟山中归,黄鸡啄黍秋正肥。
呼童烹鸡酌白酒,儿女嬉笑牵人衣。
高歌取醉欲自慰,起舞落日争光辉。
游说万乘苦不早,著鞭跨马涉远道。
会稽愚妇轻买臣,余亦辞家西入秦。
仰天大笑出门去,我辈岂是蓬蒿人!

初入长安失意之后,李白先是在中原漫游了一段岁月,以消解内心的失落与苦闷,而后回到安陆。不巧结发妻子病故,于是不久之后,他带着儿女离开了这片伤心地,移居到了位于山东瑕丘的南陵村。

山东自古是孔孟故地,儒学色彩浓厚,这让百家思想纵横的李白显得有些格格不入,因而时常受到当地儒生的排挤和奚落。他也因而更加醉心道术，一度与几位朋友隐居在徂徕山下，结为"竹溪六逸"，有意追摩前代的"竹林七贤"。

可是突然有一天，李白收到了来自长安的传信，邀他入京做官，这实在是让他喜出望外。回想起这些年被当地群儒排挤、嘲讽的往事，此番荣耀更让他扬眉吐气，这首《南陵别儿童入京》也正是在这样的情境下创作出来的。

诗歌写道：在白酒新熟、米黄鸡肥的秋日丰收时节，李白从徂徕山隐居之所回到了东鲁家中，叫来儿女们炖鸡烧酒，庆祝自己即将入京做官这样一件大喜事，儿女们也开心地牵着他的衣服嬉笑。他饮酒高歌，以宽慰自己多年的求索，又在落日下起舞，下定决心此番要与日月争个光辉！

对于已经四十二岁的李白来说，此时入宫游说万乘之君，已是不早的年岁，于是更要快马加鞭才能抓住机会。临行之际，回想起当年的会稽愚妇瞧不起落魄的朱买臣，自己也是在世人的调笑中即将西入秦关。他仰天大笑，意在向四邻宣示自己的得意，而后仗剑出门而去，决然离家进京，心中的信念也更加坚定：我李白岂是长居草野之人！这首诗的豪迈之情，跨越千载，至今仍能振奋人心。

但事实没有李白想象的那么美好，唐玄宗之所以会召李白入朝，主要是因为一年之前，在河南函谷关附近发现了一个名为"太上老君灵符"的珍宝,玄宗感于这是上天所赐,所以就将年号改为了天宝,并大加延揽天下道士,用以装点门面。李白由于颇通道家学说,故而得到了邀请。

李白来到长安之后,便有了大家所熟知的"力士脱靴""贵妃研墨""御手调羹"的故事,看似风光无限,实则只是被唐玄宗和皇亲贵胄视作取乐的对象,与他自己所盼望的"帝王师"身份有着天壤之别。

《长安三万里》影片中,高适应李白之邀,再度来到长安。徘徊于李白家门口时,听到往来人群都在传诵李白的名篇佳句,这首诗中的"仰天大笑出门去,我辈岂是蓬蒿人"正是其中之一。

李白和高适这对老朋友,在追求人生理想的道路上,屡战屡败,豪门干谒受阻、王府献艺出丑、出塞征战无功、入赘婚姻无果,可以说是在"蓬蒿"之间辗转挣扎了几十年。终于,此时的李白得到了天子征召,诗名随之传遍天下,的确是足以让他"仰天大笑",也足以让高适这位好朋友倍感欣慰、充满希望了。

> 安能摧眉折腰事权贵,使我不得开心颜。

梦游天姥吟留别

李白

海客谈瀛洲,烟涛微茫信难求。
越人语天姥,云霞明灭或可睹。
天姥连天向天横,势拔五岳掩赤城。
天台四万八千丈,对此欲倒东南倾。
我欲因之梦吴越,一夜飞度镜湖月。
湖月照我影,送我至剡溪。
谢公宿处今尚在,渌水荡漾清猿啼。
脚著谢公屐,身登青云梯。
半壁见海日,空中闻天鸡。
千岩万转路不定,迷花倚石忽已暝。
熊咆龙吟殷岩泉,慄深林兮惊层巅。
云青青兮欲雨,水澹澹兮生烟。
列缺霹雳,丘峦崩摧。
洞天石扉,訇然中开。

青冥浩荡不见底，日月照耀金银台。
霓为衣兮风为马，云之君兮纷纷而来下。
虎鼓瑟兮鸾回车，仙之人兮列如麻。
忽魂悸以魄动，恍惊起而长嗟。
惟觉时之枕席，失向来之烟霞。
世间行乐亦如此，古来万事东流水。
别君去兮何时还？
且放白鹿青崖间，须行即骑访名山。
安能摧眉折腰事权贵，使我不得开心颜。

　　李白怀着"仰天大笑出门去，我辈岂是蓬蒿人"的豪迈之情，志得意满地二入长安，他被任命为翰林待诏，成为天子近臣，原以为距离自己"寰区大定，海县清一"的理想只在咫尺之遥，没想到却只是被唐玄宗当作俳优看待。皇帝整天在与贵妃饮酒作乐的同时，召他写些娱情助兴、歌功颂德的诗篇，虽然对他也很优待，但这一切终究不是李白的心中所想。

　　况且，对于二度入长安失意的李白而言，此次的绝望之情比之初入长安更强烈了，因为当时失败是因为小人排挤，那只要小人不在，一切就会好起来，所以他坚信"长风破浪会有时，直挂云帆济沧海"。然而这一次，他发现唐玄宗已经从当年那个励精图治的有道明君，蜕化成了耽于享乐的太平天子，最高统治者已经无意奋发图强，对于李白而言，再多的挣扎也就只能是徒劳了。

于是，他又一次失望地离开了长安，而且是更加痛彻心扉的失意，痛到他不得不找寻一个新的精神慰藉。而就在李白回到家中，内心空空荡荡，不知人生何去何从之际，一场梦境，给了他最好的答案，这场梦就被他记录在这首《梦游天姥吟留别》中。

梦的缘起，源于人们对海上仙山的谈论：蓬莱、瀛洲、方丈是道教文化中的仙山，位于东海之上，自古以来无数求仙访道之人都想要寻觅它们的踪迹，却都不见踪迹。而吴越之地有座天姥山，其上云霞明灭，似有仙光瑞气，不失为一个退而求其次的选择。天姥山山势高大，仿佛与天相连，横亘天地之间，其山势远超中原五岳，也盖过了当地有名的赤城山，就连号称四万八千丈的吴越第一名山天台山和它相比，也要向东南叩拜，臣服在它的脚下。

将成仙得道视作人生中一大追求的李白，听闻天姥山的故事之后，便将全部的心思都投在了上面，日有所思，自然也就夜有所梦了：他望着天上澄明如镜的月亮，只觉它仿佛是镜湖水中的倒影，渐渐迷离了双眼；等到回过神来环顾四周，才发现自己竟已飞越关山，来到了吴越之地，眼中所见的已确是镜湖水中月亮的倒影；不一会儿，随着心思的转换，他又随着月影，从镜湖畔来到了群山环抱中的剡溪，而巍峨高大的天姥山已跃然于眼前。梦境之中，场景转换了三次，唯一相同的线索便是"月光—目光"之间的连线。

李白在梦境继续前进，他看见了剡溪之畔谢灵运的故居。谢灵运是中国山水诗的确立者和第一位集大成者，也是李白最为推崇的偶像之一。他出身高门大族，一生寄情山水、游心太玄，活得逍遥自在。李白怀着理想，来到偶像的住处，看到青山绿水依旧，还有清亮的猿啼之声，寻幽览胜的心思一下子就被激发起来。为了向偶像致敬，李白特意穿上了谢灵运发明的"谢公屐"——这是一种可拆卸的登山鞋，通过调整前后挡板的高度，调节上下山路程的坡度，从而达到如履平地的效果。

李白从山脚沿着高耸入云的天梯开始攀登，不知过了多久，只听到天外的一声鸡鸣划破长空，紧接着便看见朝霞染红天际，一轮红日从海天尽头破地而出，冉冉升起。"半壁见海日，空中闻天鸡"一句，不但胜在气象的雄浑壮大，词句的凝练精到，感官的联动交织，更以一种孕育着无限可能的蓬勃生气唱响了时代的强音，是李白以盛唐气韵熔铸进魏晋风流的惊天妙手！

让我们跟着李白的足迹继续攀登。天姥山的高峻超乎想象，在千岩万壑之中兜兜转转，还没有找寻到确切的登顶之路，便已被山野间盛开的花丛迷乱了双眼，李白只好依靠在巨石上暂时喘息；却又听见熊的咆哮和龙的啼吟之声回荡在山间泉石上，使得层林都为之战栗，甚至整座山峰也为之震颤。这样的景况不禁让李白有些害怕，就连我们也跟着担忧起来。不一会儿，云色转暗，似要下雨，山间的水波也开始动荡，升起层层烟雾。看来将有大事发生！

忽然，一道闪电破空而出，四野随之震雷炸响，山岳峰峦崩塌倾倒，一道石门突然于空中显现，又訇的一声两扇大开。石门背后仿佛正是那个无数人求之不得的神仙世界。李白站在门口眺望，只觉得空间向无尽的天宇展开，无边无垠，深不见底，只有神仙居住的金银台闪耀夺目。它的光芒就像日月一样喷薄而出，照亮了门外期盼和向往的目光。转眼间，霓虹变成飘扬的衣衫，疾风化为飞驰的骏马，云端的仙人纷纷披衣驭马从九天之上飞落而下。那一旁，白虎铿锵鼓瑟，青鸾驾着仙车，带着更多的仙家前来相会，不一会儿就已经集结得密密麻麻。李白心中一阵欣喜,这是周天神仙前来引他飞升的,看来云霞明灭的天姥山确非寻常之地,自己追求了数十年的神仙梦想,实现终于就在眼前了。

而正当他欣然接受邀约,将要与如麻的仙人同乘云车飞升的时候,"忽魂悸以魄动,恍惊起而长嗟。惟觉时之枕席,失向来之烟霞"。我们大概都有过这样的经历,当美梦做到最关键的时候,往往会突然醒来,意犹未尽。这是有着生理学依据的,李白也写得真实:只觉得自己魂魄悸动了一下,便突然从梦中惊醒,心向往之的云霞、烟雾、金光、神仙通通不见,只剩下了枕头、床榻和空荡荡的房间。李白这才意识到,原来一切不过是一场梦。

庄子曾探讨过现实与梦境的分别,而在李白看来,无论现实与梦境,其实都一样,终究会随着历史的长河滚滚流去,什么也不会剩下。真正能改变这一切的或许只有得道成仙,如若不然,短暂人生的正确打开方式,便是随心所欲,及时行乐,不要被虚幻的浮名牵绊,更不要为了所谓的理想而屈心逆志。总之不论什么理由,梦境已经给了李白启示,这趟天姥山是非去不可的。

于是,他和山东的家人、父老、朋友作别,踏上了南下的旅途。倘若得道飞升,此番便是最后的别离;倘若寻仙不得，骑白鹿踏遍青山，纵横四海，便是李白向往的足迹。只要不为了功名利禄在权贵面前摧眉折腰，处处都可以是李白开怀大笑的天地！

一场梦，消散了李白积压心头的无限愁云，为他指明了接下来的人生道路该往何处去，同时也成就了这一首无比精彩、无比豪迈，极具个性、极度浪漫的千古名篇。

在《长安三万里》影片中，高适从长安返回梁园一年后，杜甫陪着李白突然造访。谈及李白在长安宫中的遭遇，三人失落之情均溢于言表，于是李白念出了这首诗中的名句："安能摧眉折腰事权贵，使我不得开心颜。"

从"仰天大笑出门去"到"使我不得开心颜"，两句诗境间的巨大反差，将李白的处境和心境变化反映得淋漓尽致。

同时，李白邀请高适、杜甫一同见证他接受道箓，正式成为一名道教修行人，这也与这首诗表现出的求仙访道的主旨一致，揭示了此时李白心中对于政治理想的彻底失意。

将进酒

李白

君不见黄河之水天上来,奔流到海不复回。
君不见高堂明镜悲白发,朝如青丝暮成雪。
人生得意须尽欢,莫使金樽空对月。
天生我材必有用,千金散尽还复来。
烹羊宰牛且为乐,会须一饮三百杯。
岑夫子,丹丘生,将进酒,杯莫停。
与君歌一曲,请君为我倾耳听。
钟鼓馔玉不足贵,但愿长醉不复醒。
古来圣贤皆寂寞,惟有饮者留其名。
陈王昔时宴平乐,斗酒十千恣欢谑。
主人何为言少钱,径须沽取对君酌。
五花马、千金裘,呼儿将出换美酒,与尔同销万古愁。

解读

天宝三载，与自己"寰区大定，海县清一"的壮志渐行渐远的李白，在愈发失意中终于被玄宗"赐金放还"。支撑他人生的两大理想支柱——"儒志"与"仙思"，前者轰然倒塌，后者遥不可及。李白坠入了人生中的低谷，却同时也迎来了诗歌创作的高峰。

因为孤独，他写下《月下独酌》，有了"举杯邀明月，对影成三人"；因为仕宦艰难，他感到"难于上青天"，于是有了《蜀道难》；他不愿屈心逆志，于是写下《梦游天姥吟留别》，留下"安能摧眉折腰事权贵，使我不得开心颜"的风骨；他不甘就此沉沦，于是题壁《梁园吟》，喊出"东山高卧时起来，欲济苍生未应晚"的坚守，同时收获了新的一段爱情——相传宰相宗楚客家的孙女看完这首诗便被其才情打动，最终嫁给了李白，并与他白头偕老。但在这一时期，最能彰显李白个性和风采的一首佳作，当属这首《将进酒》。

那时李白刚刚离开长安的宫廷，失魂落魄的他想到的第一个值得倾诉的人，便是他知交一生的道士朋友元丹丘，于是便直奔嵩山，登门求助。元丹丘也不愧是李白的知心好友，一看见李白颓然的样子，不待分说，便知道该怎么安慰他，赶忙取出山中珍藏多年、百里飘香的好酒，对李白说："李兄，不必多言，这坛酒就是为今日准备的！"

于是元丹丘摆开酒席，拉李白入座，恰好另一位朋友，隐居在不远处九皋山上的岑勋也来看望他，三人便同席畅饮了起来。关于岑勋，大家可能不熟悉，但爱好书法的朋友应该知道，有一篇楷书名作叫《多宝塔碑》，书法是颜真卿写的，而岑勋正是碑文的撰写者。

李白、岑勋、元丹丘三人坐在嵩山上元丹丘的山居庭院里，俯临黄河，推杯换盏，酣饮长歌，从日近薄暮喝到了月上中天，不觉中酒坛已经见了底。岑勋和元丹丘也认为酒意已尽，扶着李白想让他去休息，谁知已经喝得酩酊大醉的李白却将他们一把推开，又举着酒杯一边喝一边开始高唱起来："君不见黄河之水天上来，奔流到海不复回。君不见高堂明镜悲白发，朝如青丝暮成雪。"

你们看，嵩山脚下那滚滚而来的黄河之水，如同从九天之上降落，带着无尽的气势与力量，奔流入海，一去不回，就像那伟大的历史长河，波澜壮阔，气象宏大，片刻不停地冲刷着如尘埃般的人类印记；回头看，悬挂于中堂之上的明镜中倒映出你我的影子，仿佛早晨还是满头青丝，到了晚上已白发如雪——这一年李白四十四岁，确已走完了人生三分之二的旅程，与元丹丘相识也近三十年了，回首往事如同一梦，故有"朝丝暮雪"之感。

一边是奔腾不息的时代洪流，一边是转瞬即逝的蹉跎人生，当两者交织于一身，碰撞出的当然是不可遏制的浩然之气和宇宙遐思，之所以人们常说这两句诗大气磅礴，除了交通天地、勾连盛衰的诗境之外，更源于其背后蕴含的深刻哲思。

既然黄河水东流和青丝变白发都是不可扭转的自然规律，身处其间的人也自当安然处之，毕竟在此时的李白心中，快乐才是人生的第一要义。所以，人生得意之时就要尽情享乐，不要让盛满美酒的金樽空对明月，辜负了美景良辰；而倘若人生不得志，也要相信"天生我材必有用"，总有自己志向伸展之时，纵使千金散尽，也定会重新拥有。显然李白眼下的处境属于后者，这份遭遇挫折后仍能保有希望与信念的积极心态，虽然是一时借酒而生的豪言壮语，但依然鼓舞着世世代代的追梦之人。无论如何，既然东道主元丹丘已经置下牛羊酒肉，邀来同座的宾朋，这顿酒是要痛痛快快喝上三百杯才算尽兴的。

李白说罢，岑勋和元丹丘也意识到了，心中有事借酒消愁的人，往往要比平时更容易喝醉，故而明明喝的分量差不多，两人都还清醒，李老兄却已经醉得不轻。二人稍稍避席，正商量着该如何安抚这位醉客,却又听得李白一声高喊,只见他拿着酒杯跌跌撞撞地冲着他们走了过来:"岑夫子,丹丘生,将进酒,杯莫停。"

李白说:"你们是觉得干喝没有意思吗?那我就给你们唱首歌助助兴,你们可要侧着耳朵听好了!"说着说着,他唱了起来。两人哭笑不得之中,也跟着随声附和。歌声中,李白表达了这样的意思:音乐、美食、财宝带给人的快乐是表面的,只有酒后的沉醉不醒才真正让人超脱;自古追求圣贤功名,更是寂寞难耐,只有懂得饮酒之乐的人,才能留下万古美名!这显然是针对他被"赐金放还"的处境而言的。

作为知己的元丹丘自然也听出了曲中之意,又怕他心中郁结得不到抒展,越喝越愁,忙解劝说:"李老兄,你看这酒坛也见底了,家里也没钱买酒,今天就喝到这儿,咱们也尽兴了,还是早点休息吧!"这种理由当然搪塞不了李白,他提起曹植曾在《名都篇》中"归来宴平乐,美酒斗十千"的名句,向往这种大同社会的盛世理想。李白认为自己才干不在曹植之下,故而也追慕起他的风流。至于钱,当然更是不会差的。

李白牵过太原元府君送的五花马,拿出宫里皇帝赏赐的千金裘,叫出了元丹丘的小儿子,说:"把这些拿去,多换些好酒回来！我要与你父亲和岑叔叔喝个一醉方休，以消万古之愁！"什么是"万古愁"？开篇便已揭示，就是人生苦短、宇宙无穷的矛盾，这也是所有苦痛的根源所在。至于如何消愁，仅仅喝酒当然是不够的，但从"与尔同销"就不难看出，岑勋与元丹丘的选择也就是李白的出路，安心归隐，求仙访道，便能够得到超脱。

这首万古流芳的《将进酒》，它的诞生首先便印证了诗中"天生我材必有用"这句颠扑不破的格言。诗歌首尾呼应，诗境曲折起伏，感情充沛，意脉贯通，很难让人相信，这是一个酩酊醉翁笔下的杰作。它也完美诠释了什么叫作天才手笔，"太白斗酒诗百篇"的美名更是得到了最好的印证。

因为《将进酒》这首诗无与伦比的魅力，《长安三万里》影片中也对其进行了十分梦幻的演绎。李白带着一众好友，吟着这首逍遥的诗篇，驾仙鹤进入幻境，溯着自天而来的黄河之水，直上昆仑山巅，翱翔于天地之间，神游于八极之表，与仙人举酒同饮，共圣贤尽兴欢歌，令人艳羡之至，倾慕至极！

片中与李白同游的，不止岑夫子、丹丘生，还有高适和杜甫，事实上，他们也的确曾经在此时经历了一段同游的岁月，留下了美好而梦幻的记忆。天宝三载，李白与杜甫相逢于洛阳，这是中国诗歌史上最伟大的一次相遇，闻一多先生甚至说"我们该当品三通画角，发三通擂鼓，然后提起笔来蘸饱了金墨，大书而特书"这次伟大的碰面。

而后，李白、杜甫同高适一起，醉舞梁园，行歌泗水，裘马轻狂，不亦快哉，留下了盛唐诗坛最美好的一场同游，和无数精彩的诗篇！如今，千载过去，虽然斯人已逝，盛筵难再，但其诗不灭，其风犹存，透过银幕，我们能伴着这些伟大诗人，一同遨游，实在是无比美妙的体验！

永王东巡歌十一首(选三)

李白

其一
永王正月东出师,天子遥分龙虎旗。
楼船一举风波静,江汉翻为燕鹜池。

其六
丹阳北固是吴关,画出楼台云水间。
千岩烽火连沧海,两岸旌旗绕碧山。

其十
帝宠贤王入楚关,扫清江汉始应还。
初从云梦开朱邸,更取金陵作小山。

追随永王起兵是李白晚年的一场政治豪赌,也是他人生中争议最大的事件之一。其实回到当时的背景中,李白的选择倒也不难理解,因为在他看来,永王并不是叛乱。

安史之乱爆发后,长安、洛阳两京沦陷,玄宗仓皇逃奔入蜀,太子自请留守中原,以领导前线抗敌,得到了玄宗的首肯。然而,玄宗前脚踏上蜀道,太子后脚就在朔方军的支持下自行登基,是为后来的肃宗,并遥尊玄宗为太上皇。可以看出,这场皇位交接的背后,其实有巨大的矛盾和隐患。

一边是叛军的来势汹汹,一边是儿子的突然发难,玄宗最终还是选择了以大唐江山为重,认可了肃宗皇位的合法性。但作为昔日宫廷政变的优胜者,作为执掌天下近半个世纪的天子,玄宗也不可能就这么轻易地让大权旁落。他一方面派遣大臣北上,名为辅佐,实则在肃宗身边时刻监视;另一方面则册封自己的其他儿子,让他们前往各地,领导各方平叛势力,从而与肃宗的朝廷分庭抗礼,永王李璘便是其中的一个。

永王李璘奉命来到江陵,开始招兵买马、延揽人才。要说他没有私心,当然不可能,毕竟肃宗即位的方式不合礼法、备受争议,玄宗默对诸皇子的分封也给了他们希望,倘若能够在平定战乱的过程中壮大实力、立下大功、笼络人心,日后重新迎奉玄宗，再挥师西进，直入长安，声讨肃宗的不臣不孝之罪，也不是完全没有可能。

当时的李白早就远离了政治，在庐山过起了隐居的生活，他在《庐山谣寄卢侍御虚舟》中说："我本楚狂人，凤歌笑孔丘。手持绿玉杖，朝别黄鹤楼。五岳寻仙不辞远，一生好入名山游。"可见他已经基本断绝了尘俗念想。可是天下局势的骤变，永王李璘的到来，却让李白看见了最后放手一搏的希望，可谓造化弄人。

我们不妨站在李白的视角审视一下当时的局势：永王都督江南的大权来自玄宗，合理合法；大军东下金陵的目的是平定叛乱，伟大而正确；一旦北伐成功，收获的是再造乾坤，前景光明！于是，当永王亲自前往庐山拜谒、邀请，并承诺以他为军师，共襄平叛大业时，正愁报国无门、自知时日无多的李白，无论如何也不可能拒绝了，何况永王如此恩遇，让他十分满足，便也许身出山，来到了永王的幕府之中。而后，永王在李白等人的辅佐下经略江淮，壮大实力，并于十二月率江淮水军挥师东进，直入金陵，声威席卷整个江南，俨然有与灵武的肃宗分庭抗礼之势，《永王东巡歌十一首》也正是李白在这一背景下写来以壮声势的名作。

其一"永王正月东出师，天子遥分龙虎旗。楼船一举风波静，江汉翻为燕鹜池。"开篇便宣扬永王东巡的正统性，携天子所分的将帅大旗，率江淮舟师东下，楼船一至必能荡尽风波，让波涛汹涌的江汉之水，像栖息着燕鹜的池塘般风平浪静。

而后，其二写东巡的意义与自己的志向，其三写永王舟船行动中的气势，其四写金陵形胜，其五写永王的功绩，皆写得气势超然，慷慨激荡！

其六："丹阳北固是吴关，画出楼台云水间。千岩烽火连沧海，两岸旌旗绕碧山。"写出了永王兵出江淮的浩浩军威，东至丹阳，西至京口北固山，整个吴越的江面之上，都是永王大军的旌旗弥漫，烽火连通江海，气势直逼中原。

其后几首分说了扫中原、定天下的战略部署，直至其十，用意已经尤为显明了："帝宠贤王入楚关，扫清江汉始应还。初从云梦开朱邸，更取金陵作小山。"诗中分别将永王比作一统三国的王濬和跨海征辽的唐太宗，极言其一统天下的壮志。

最后一首则彻底暴露了李白的政治野心："试借君王玉马鞭，指挥戎虏坐琼筵。南风一扫胡尘静，西入长安到日边。"请求永王借给自己君王所用的玉马鞭，让他高坐琼筵之上，来指挥三军平叛，等到南风劲吹、驱散中原胡尘之日，也是君臣一道西入长安问鼎之时!

只可惜,瞬息万变的时局和有限的政治眼光并不能支撑起李白如此雄壮的政治野心,他人生中最后一场豪赌,以满盘皆输而告终。永王被肃宗派兵剿灭,李白仓皇逃奔,于浔阳被捕系狱。这场重大的挫折之后,虽然他的生命没有就此终结,但那个属于"诗仙"的飘逸灵魂,我们却再也看不见了。

在《长安三万里》影片中,哥舒翰兵败潼关之后,高适西逃护送玄宗入蜀,而后逐渐得到提拔,官至淮南节度使,奉命讨平永王李璘。这时他得知李白就在永王军中,书僮也向他念出了这几首壮大军威的作品。

我们可以想象高适此刻心中的矛盾,论忠君报国,他应当奉命出征,论知交情意,他应当网开一面。当然,相比于李白的任性豪赌,高适选择了冷静分析、权衡利弊,他的政治嗅觉和眼光远在李白之上,因而两人最终的仕途成效也是云泥之别。

最终,高适的决绝一击,击碎了李白的春秋大梦,也亲手断送了他一生都在乎与守望的这段知己情意。李白的痛,尽人皆知,高适的痛,则更多埋藏心底。这一结局,不可谓不令人唏嘘。

早发白帝城

李白

朝辞白帝彩云间,千里江陵一日还。
两岸猿声啼不住,轻舟已过万重山。

　　追随永王兵败后,李白被系于浔阳狱中,等候朝廷的裁决。这期间,他曾致信高适,渴求得到他的帮助,却没有等来回信。不过好在凭借李白的名气与人缘,还是有不少人为他讲情,其中不乏宰相一级的朝中大员。于是李白最终免于一死,被判长流夜郎,夜郎也就是如今的贵州山区。

　　虽然免去了死罪,但对于生性风流的李白而言,流放夜郎这样一个在当时尚未完全开化的穷山恶水之地，无异于人生失去了意义，加之永王兵败给他带来的理想幻灭的打击，李白的流放旅途可谓举步维艰、行迈靡靡、毫无生机。

然而，正当他行至三峡白帝城，将要弃舟登岸之际，却收到了一个天大的好消息。一纸赦书突然从江上传来，原来是此时肃宗龙体欠安，为了祈福，遣使巡游四海、祝祷名山，并大赦天下，而此次李白幸运地在被赦免之列，不必再往夜郎跋涉，可以就地返程了。

得到赦令的一刻，李白有如绝处逢生一般，喜悦之情溢于言表，丝毫不想再在峡中停留，转天一早便又从白帝城登舟，顺水直下，临行之际便写下了这首后世耳熟能详的名篇。

诗中说，由于重获自由与希望，峡中逼仄的天空也显得彩云遍布，充满了祥瑞之气，而顺流直下也远远快过来时的艰难，只消一日便可走完千里，直达江陵。三峡的两岸多猿猴啼鸣，迁客骚人往往被它们勾出许多辛酸的泪水，然而李白此刻心中却满是喜悦，故而只觉得猿啼之声都那样轻快嘹亮。不知不觉间，万重山岳从身后掠过，广阔的中原天地间又重现他的身影。

古诗中写景的句子往往是为了烘托情感，大多数时候，情感基调与景物的风格都是统一的，即便有所反差，也基本都是以乐景写哀情,像"两岸猿声啼不住,轻舟已过万重山"这样以哀景写乐情的句子,可谓是李白的匠心独运,更加反映出他重获自由的喜悦之情。

高适击退吐蕃的进犯之后,等来了严武的接替,从而功成身退。分别之际,程监军看出了他的关心,也为他送去了关于李白的最后消息。当得知李白遇赦放还后,高适的心中也如释重负,程监军同时吟唱了这首《早发白帝城》,为剧情画上了圆满的句号。

这是李白生命中最后一首风格欢快的诗作,这种短暂的欢快更像是一种"回光返照",衬出的更多是此前流放路上的绝望。虽然重获自由,他却并没有获得新的希望,在长江沿岸漂泊迁居两三载后,李白病逝于当涂(今安徽马鞍山),临终高唱"大鹏飞兮振八裔,中天摧兮力不济"(《临路歌》),与年少时的"大鹏一日同风起,扶摇直上九万里"又形成了鲜明的对比。

就这样,"诗仙"走完了在人间的岁月,飞升而去,留下1100多首诗篇和无数精彩的故事,至今散发着它们的无穷魅力。

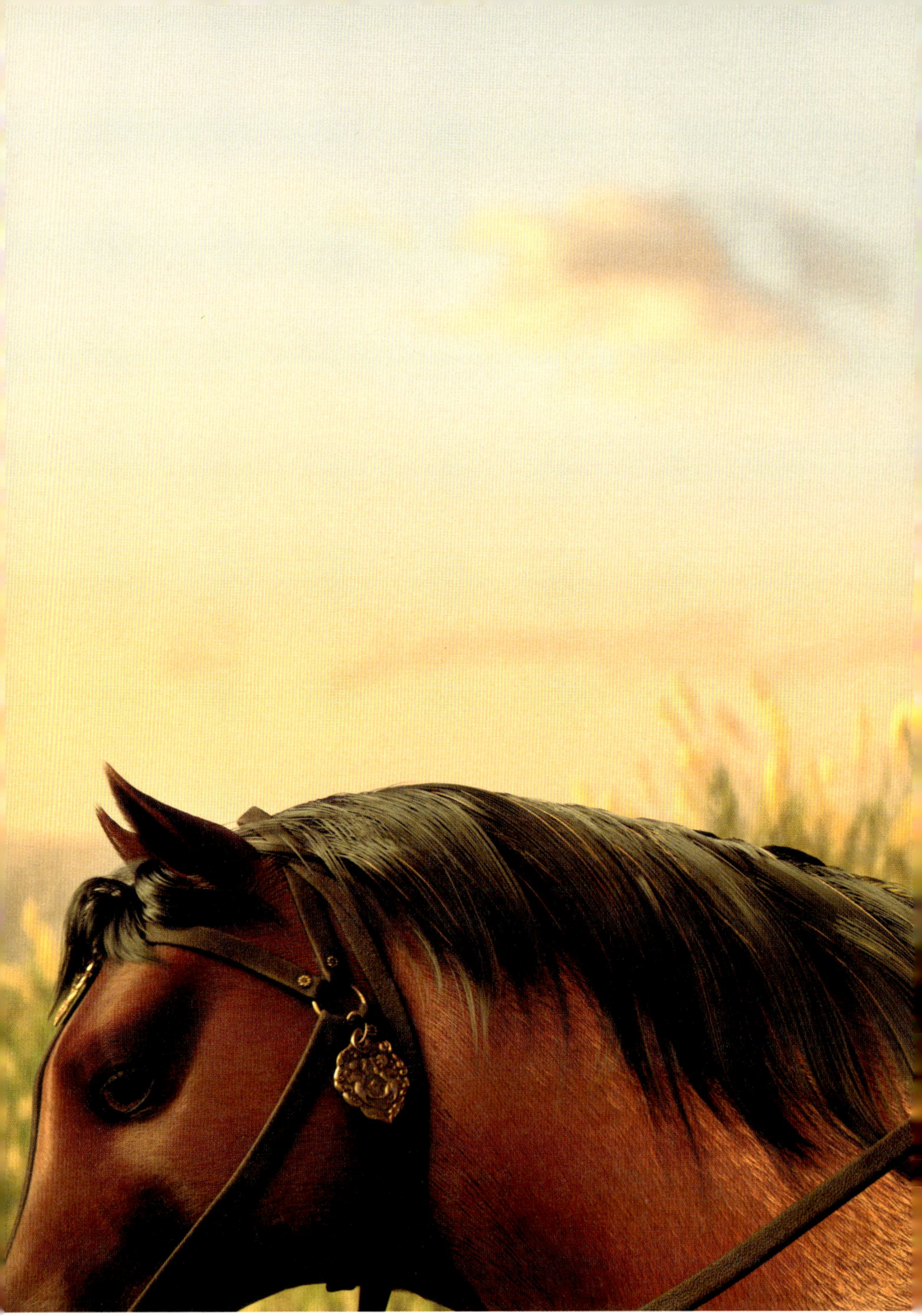

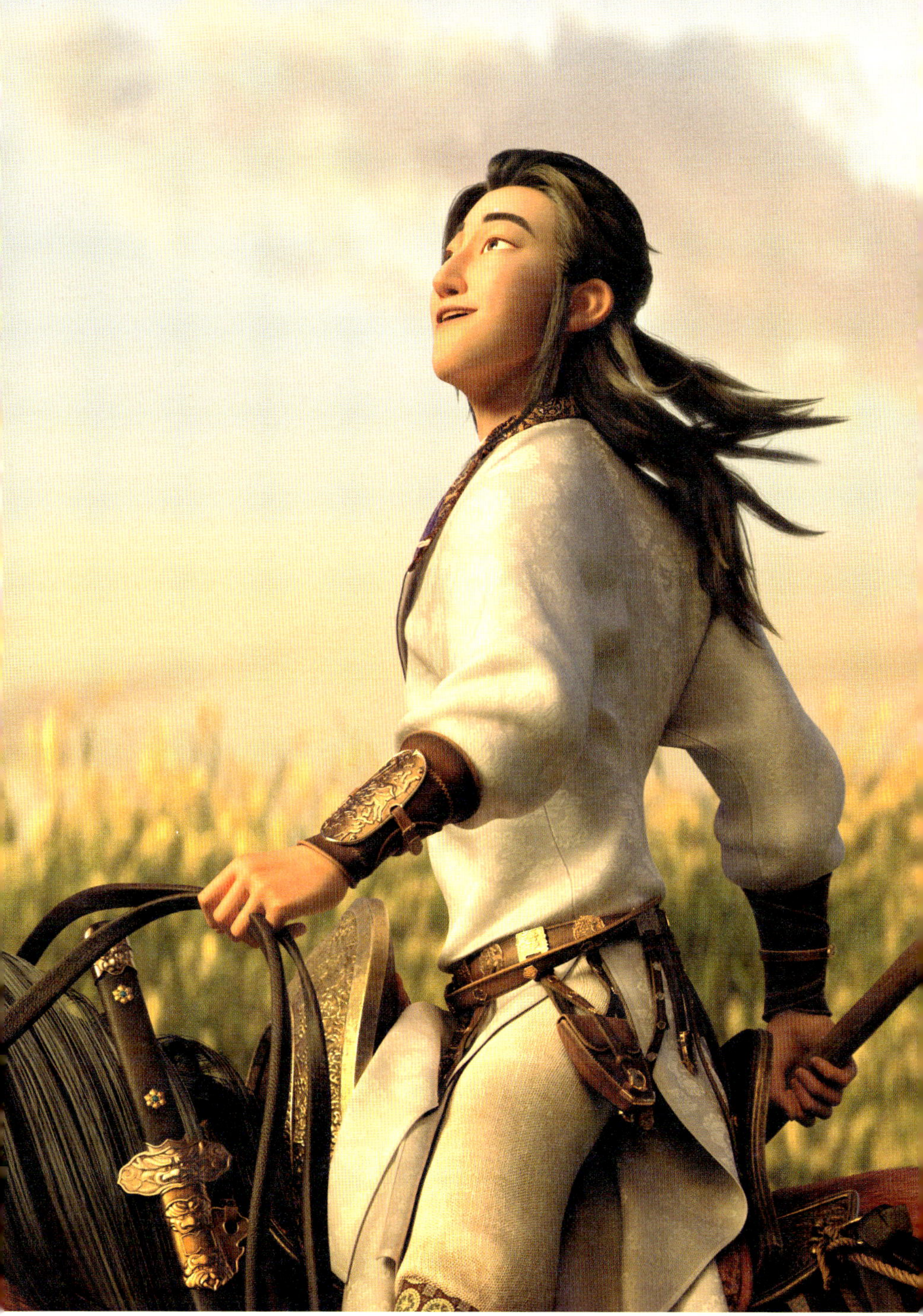

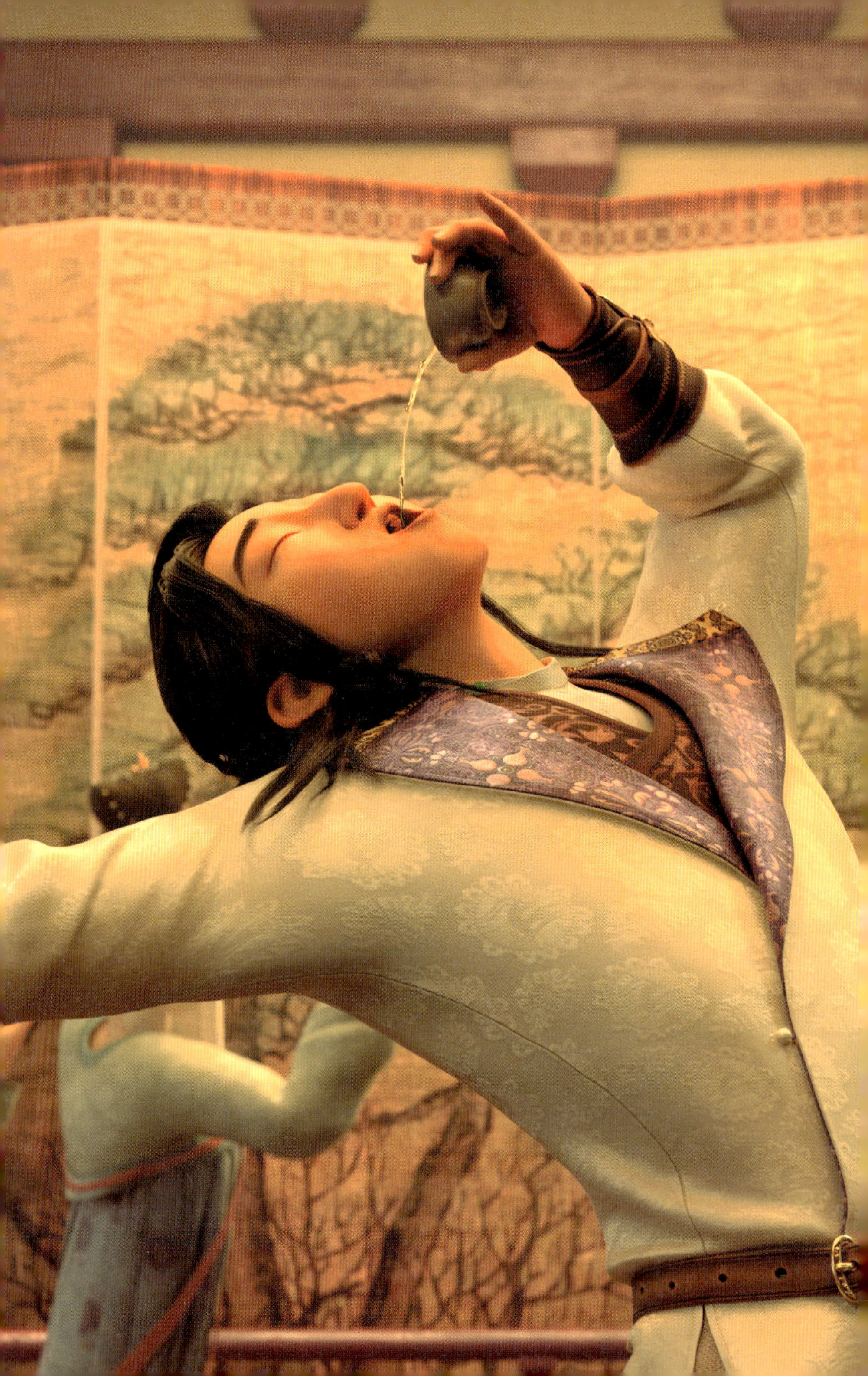

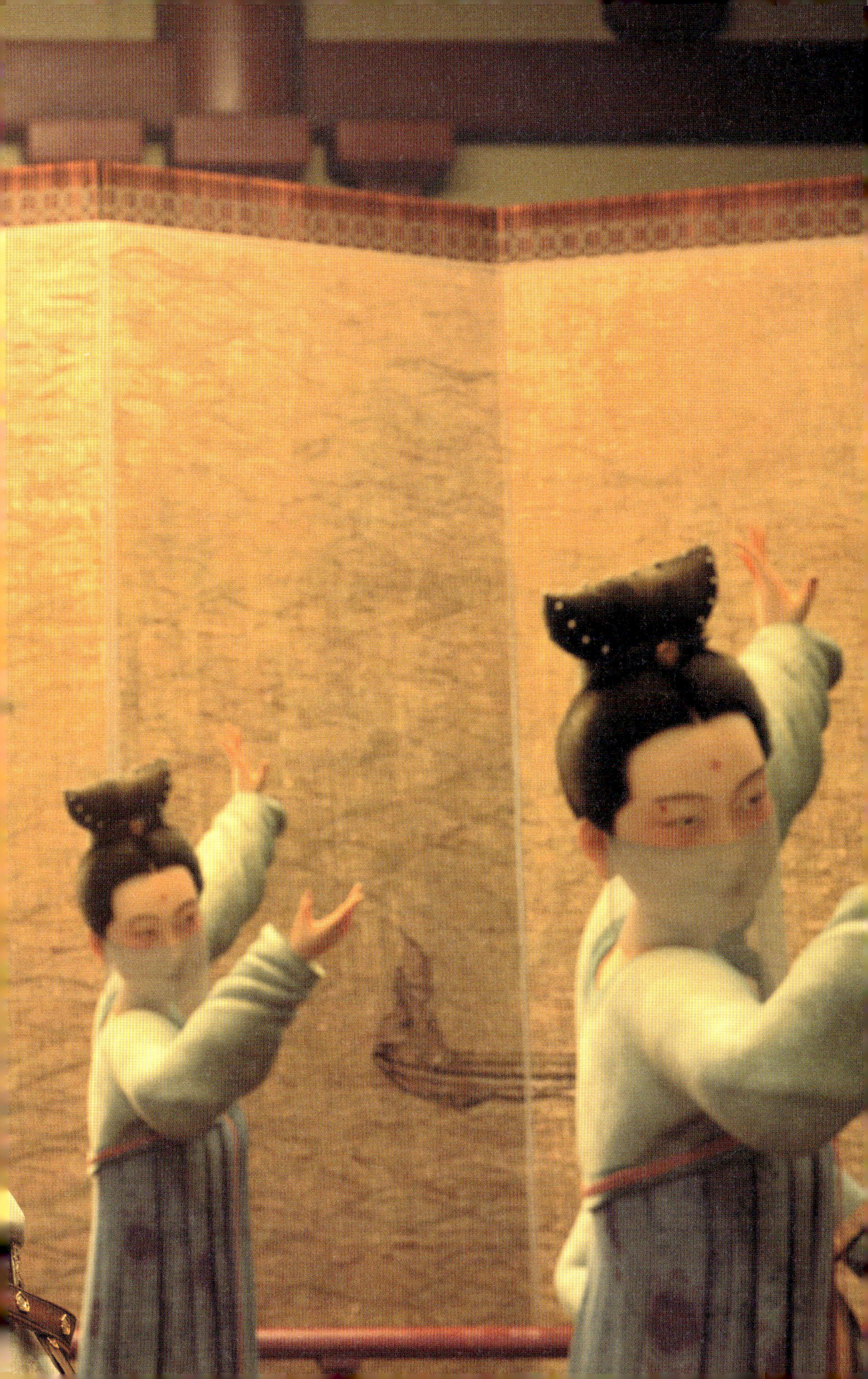

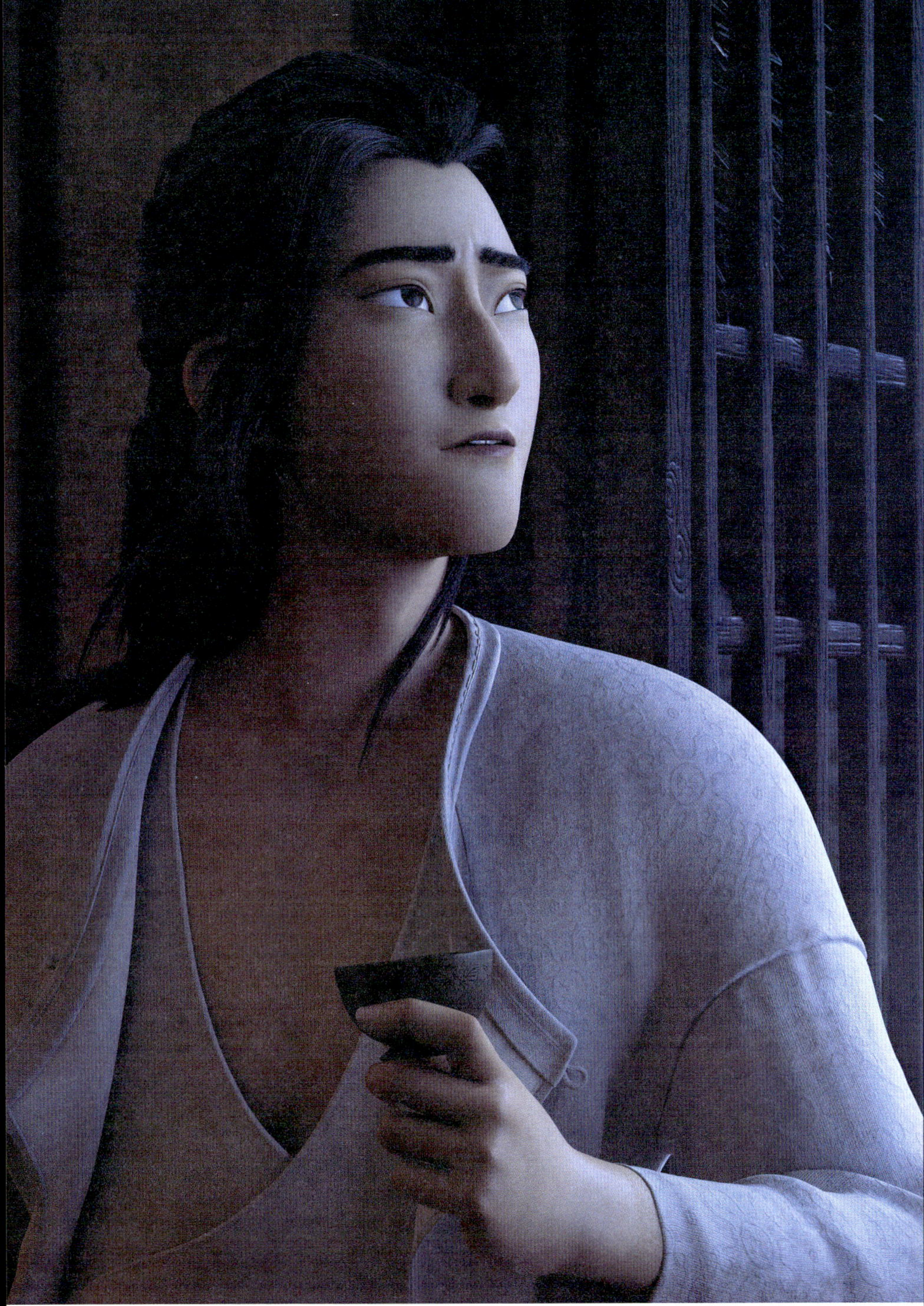

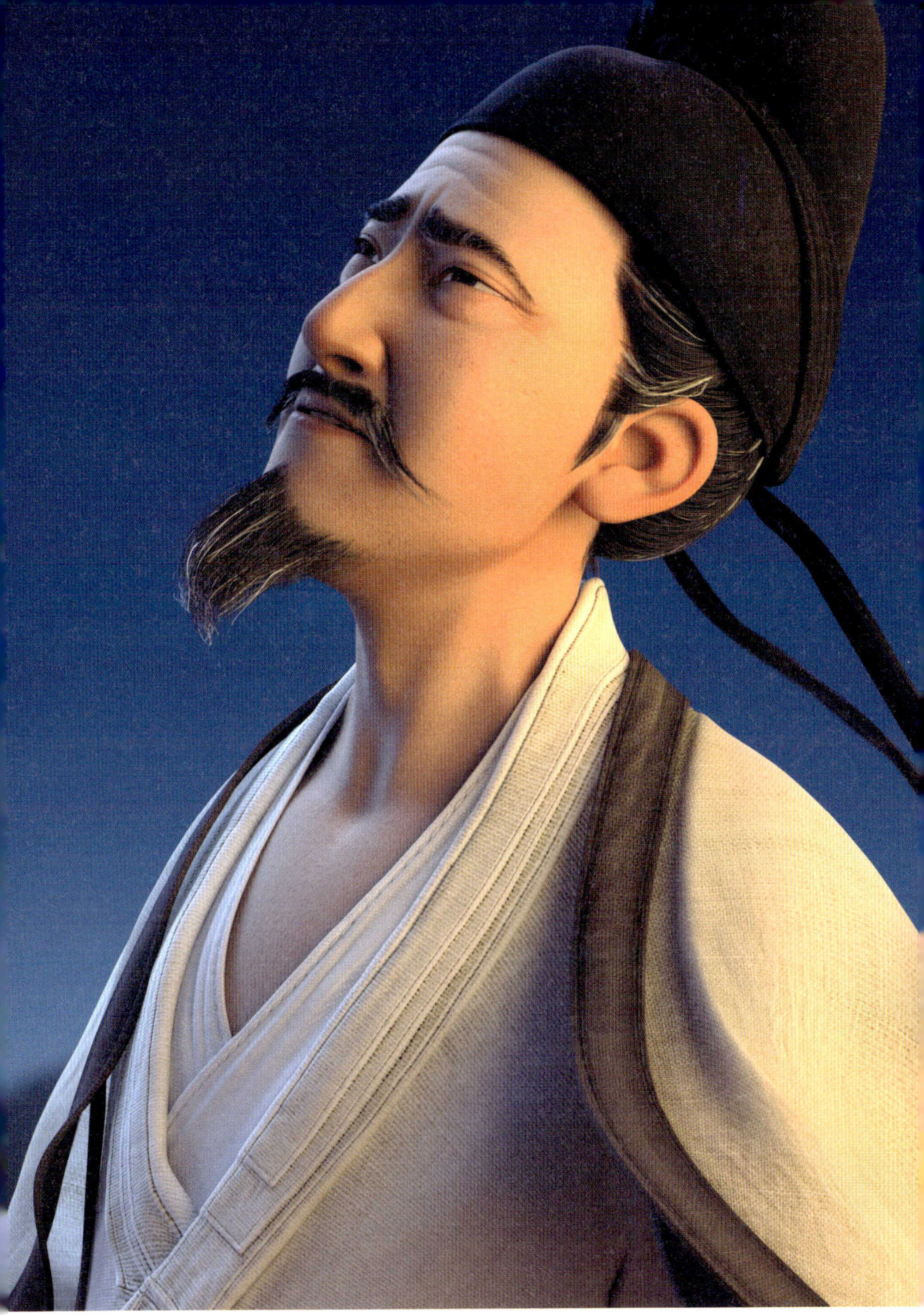

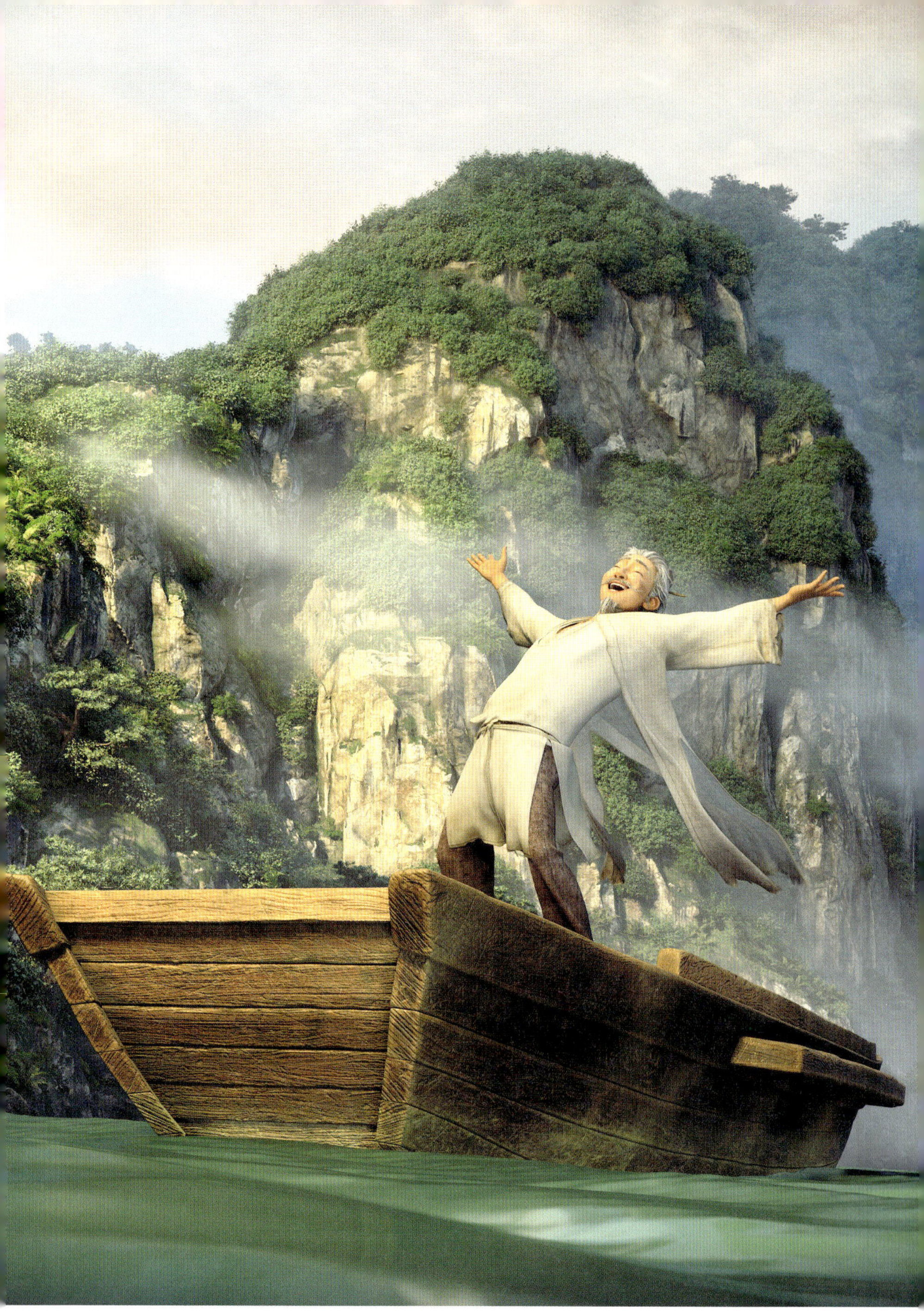

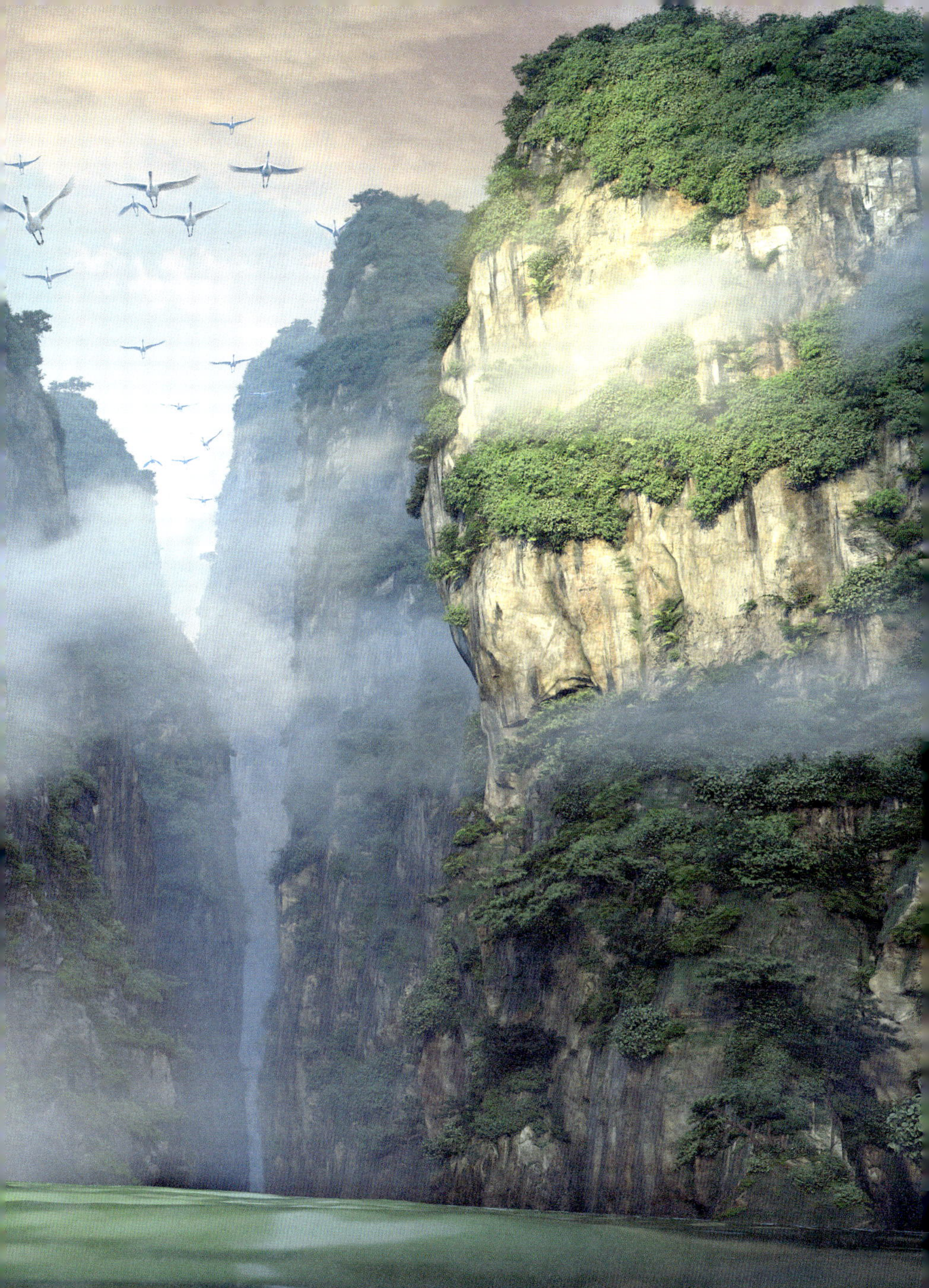

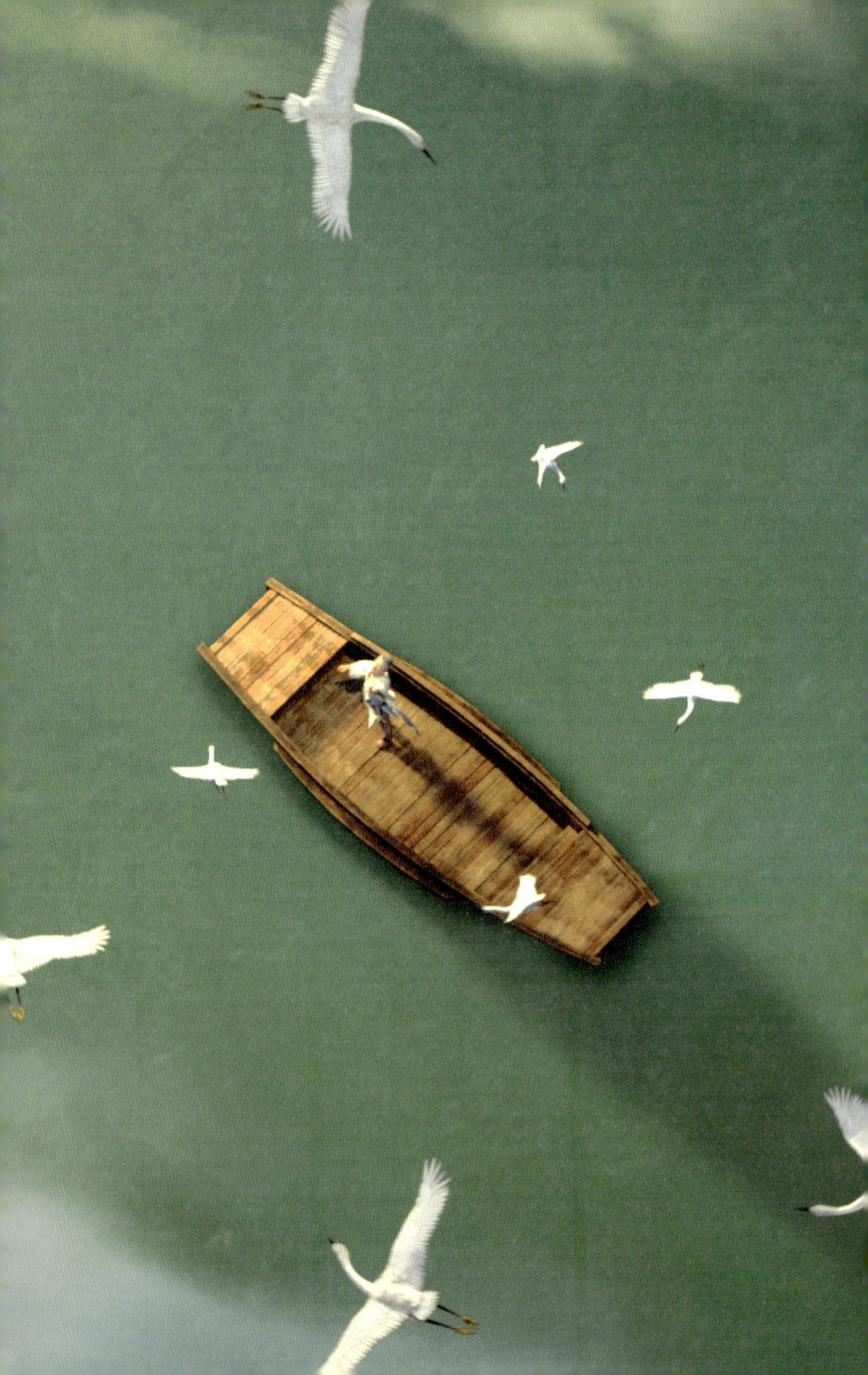

第三章

盛唐群星

12 首诗漫步"盛唐文化宇宙"

望岳

杜甫

岱宗夫如何？齐鲁青未了。
造化钟神秀，阴阳割昏晓。
荡胸生层云，决眦入归鸟。
会当凌绝顶，一览众山小。

> 会当凌绝顶，一览众山小。

解读

杜甫，字子美，河南巩县（今河南巩义西南）人，中国古代最伟大的诗人之一，被誉为"诗圣"，有《杜工部集》传世，今存诗1400余首，反映了唐王朝由盛转衰的历史过程和社会面貌。其诗众体兼备，守正出新。杜甫尤以五七言律诗成就最高，代表作有《登高》《秋兴八首》《咏怀古迹五首》《兵车行》《丽人行》《哀王孙》《哀江头》《石壕吏》《无家别》《北征》《自京赴奉先县咏怀五百字》《望岳》《春望》等。

中唐大诗人元稹在《唐故工部员外郎杜君墓系铭并序》中评价杜甫:"上薄风骚,下该沈、宋,言夺苏、李,气吞曹、刘,掩颜、谢之孤高,杂徐、庾之流丽,尽得古今之体势,而兼昔人之所独专矣。"全面论述了杜甫在中国诗歌发展史上承上启下、继往开来的独特地位。韩愈也说"李杜文章在,光焰万丈长"(《调张籍》),可见杜甫与李白作为中国历史上两位伟大诗人,地位是不可撼动的。

杜甫出身"京兆杜氏",世代"奉儒守官",他的始祖杜延年、远祖杜预都是历史上著名的功臣,祖父杜审言也是初唐一流的文人,特殊的家风和成长环境,使杜甫从小树立了"致君尧舜上,再使风俗淳"(《奉赠韦左丞丈二十二韵》)的伟大理想。同时,杜甫作为"盛世同龄人",与大唐一同成长,他从小在洛阳长大,饱受最先进文化的哺育滋养——听着李龟年的歌,看着公孙大娘的舞,诵着祖父杜审言的诗,这样的杜甫,简直是走在流行前线的"最时尚青年"!所以,他对大唐盛世必然饱含感情,也正因如此,当他亲历盛世的动荡与崩坏,才会发自内心地为国家担忧,为人民哀痛!

这首《望岳》是杜甫早年最为突出的杰作。开元末年,杜甫的父亲在山东担任兖州司马,借着探亲的机会,杜甫便有了一场"放荡齐赵间，裘马颇轻狂"的青春漫游，这首《望岳》正是作于这一时期。

题目中的"岳"当然是指东岳泰山，也叫"岱岳""岱宗"，它不仅是五岳之尊，更是中国古代人们最尊崇的一座山。历史上最神圣、崇高的政治仪式叫作"封禅"，指的就是有德君王在泰山顶上祭天、在泰山脚下的梁父山祭地的过程。可以说，在传统政治文化中，泰山就是神圣与至高无上的象征。

作为一个立志要"致君尧舜上，再使风俗淳"的有为青年，杜甫不可能不对这伟大而神圣的泰山心驰神往，恐怕也曾不止一次畅想和问及"岱宗夫如何"。而当他刚一踏上山东的土地，看见开阔平坦的平原上那挺拔俊秀的高峰洒下青青绿意，感受到孔孟先哲和历代贤君良臣的遗风弥漫于天地，也就不禁感慨起"齐鲁青未了"。仿佛自己的神圣理想就像这座伟大山岳一样，近在咫尺，触手可及！

奔着理想的方向，迈着坚实的脚步，杜甫离泰山越来越近，望见的泰山也越来越雄伟——山的"阴阳"划分了天的"晨昏"，站立其上，"层云"激荡于胸前，"飞鸟"拉开了视野！是大自然何等的鬼斧神工，造就了这般的钟灵毓秀；又是诗人何等的胸怀宽广，孕育出跨时代的一声高唱！

"会当凌绝顶，一览众山小"，这原是《孟子》当中记录孔子的语句："登东山而小鲁，登泰山而小天下。"大家不妨畅想这个画面：一个二十多岁的青年，背靠五岳之尊，面对苍茫天地，高喊孔孟先哲的话语，这既是一场跨越千载的致敬，也是一段风云激荡的宣言，该是何等进取的盛世与多么高昂的人格，才能碰撞出如此振聋发聩的宇宙强音！

《长安三万里》影片中，高适二入长安之际，在李白家门口偶遇杜甫，念出了他的名句"会当凌绝顶，一览众山小"，足见此时的杜甫也已经在诗坛有一定地位，同时诗中那壮阔的胸怀、蓬勃的朝气，更是与高适、李白志趣相投。也正因如此，他们才能够开启三人的梦幻同游，给诗坛留下了无与伦比的千秋佳话。

不同于大家印象中杜甫晚年的沉郁顿挫、忧国忧民，青春时代的杜甫是十分幸福和快乐的，这一点在《长安三万里》影片中得到了很好的呈现。杜甫是"盛世同龄人"，又出身于世家，成长于中原，读过万卷书、写过凤凰诗，是在盛世文化滋养中成长起来的诗人，也因此对盛世饱含感情，并将这份感情守护了一生。

当然，相比于李白和高适，影片中"诗圣"的戏份少了很多，这主要还是因为他年龄小。杜甫比李白小11岁，比高适小8岁，在剧情设定的年代里，杜甫的创作高峰期还没有到来。加之诗歌主张和创作风格的差异，也许正因如此，《河岳英灵集》中没有选入杜甫的作品。

相思

王维

红豆生南国,春来发几枝。
愿君多采撷,此物最相思。

王维,字摩诘,蒲州猗氏(今山西临猗)人,盛唐伟大诗人,有《王右丞集》传世,今存诗400余首,众体兼善,涵盖应制颂圣诗、游侠边塞诗、政治讽喻诗、送别诗等不同题材,尤以山水田园诗成就最高,代表作有《使至塞上》《和贾舍人早朝大明宫之作》《少年行》《老将行》《洛阳女儿行》《送元二使安西》《九月九日忆山东兄弟》《积雨辋川庄作》

《山居秋暝》等。

大多数人对王维的印象是"诗中有画,画中有诗",或是"诗佛"的称号,但这都远不足以概括王维的成就。他曾用十个字概括自己的创作追求:"盛得江左风,弥工建安体。"(《别綦毋潜》)"江左风"就是南朝以来的绮丽文采,"建安体"就是建安风骨的质实情思,二者结合起来达成的境界叫"文质彬彬",是诗歌的高层次追求,也正是盛唐气象一大特点,因而王维被认为居于"盛唐正宗"的地位。

同时,王维真正笃信佛教主要是在晚年以后,早年的他,在好尚佛家的空灵禅意之外,对于儒学的治世理想、道教的自在人格,同样有着坚定的信仰与追求,官当得不小,生活还十分逍遥,在仕与隐中达到了难得的平衡,而这也是盛唐士大夫普遍追求的人生境界。诗歌之外,王维还善画、精通音律,有重要的绘画和音乐理论传世。艺术成就的全面突破,同样极大地促进了他诗歌创作成就的提升。

这首《相思》也是王维精通音律的一个明证,这首诗又题《江上赠李龟年》,李龟年是盛唐著名的乐师,王维与他交情甚好,在一次与他分别之时,以此诗相赠。

红豆又名"相思子",故而诗人选取这样一个意象,来寄托分别之时的不舍之情。友人应当是自长安去往南方,故而写"红豆生南国",既符合事理,又暗含着别后会产生更多相思;春日虽然美好,却也是容易伤怀的时节,融融春光更容易让人想和所念之人共同分享,故而写"春来发几枝",又强化了相思的情意。南国春日,思念友人,这样的情绪该如何排遣呢?不妨就多采下几颗红豆,看见它们,便能想起彼此间的牵绊与挂念,聊以慰藉。

诗歌很短,也很简洁,却韵味悠长,情思真挚,以最简单的形象、最朴素的语言,寄托了最纯洁的心意。

影话

《长安三万里》影片中王维共出场两次,第一次便是在岐王府中,弹琴献艺,博得玉真公主的赏识,与高适的落魄形成了鲜明对比。

至于这首《相思》,在影片中则出自小杜甫的口中。高适舞枪出丑,落魄下台之后,在偏房偶遇少年杜甫,这一情节是对杜甫《江南逢李龟年》中的诗句"岐王宅里寻常见"的演绎。杜甫引高适在一旁观摩了演出,并在向他介绍王维时念出了这首代表作。

的确,在盛唐的典雅高华为主的文化环境中,王维其人、其诗是更受欢迎的,他也在玉真公主的提携下,很快成为盛唐诗坛的领袖和宗师。

这一情节的安排，彰显了盛唐这一诗歌国度的魅力，体现了举国上下对于诗歌的极致追捧，也在失意的高适、年少的杜甫心中埋下了"写好诗"的种子，激励着他们长成诗国百花园中的参天巨木。

王维的第二次出场是在长安曲江酒肆的宴会中。总的来说，王维的诗极具盛世风韵，尤为宏丽清雅，故而备受当时和后世的推崇。

陇头吟

王维

长安少年游侠客,夜上戍楼看太白。
陇头明月迥临关,陇上行人夜吹笛。
关西老将不胜愁,驻马听之双泪流。
身经大小百余战,麾下偏裨万户侯。
苏武才为典属国,节旄空尽海西头。

　　这是以山水田园诗见长的王维创作的一首边塞诗作,创作于开元二十五年前后,王维作为监察御史巡查西域之时,也就是与《使至塞上》同一时期。

　　诗歌前四句以"长安少年"眼中的边塞景象展开,实则写出了自己对于陇头风光的第一印象:来自中原的这位少年游侠,在夜间登上瞭望高台,仰观天象,原本想通过太白星的明暗，判断西域战争的形势，却被一轮高悬中天的明月吸引了所有目光，同时，耳边响起了征人吹奏的思乡乐曲。大家要感受这当中的情感变化，王维作为一个巡边御史，职责是监察战备，所以观察的出发点在于象征着军威的"太白"。而当他深入此地，了解到士卒思乡的疾苦，眼中耳中便只有明月与笛声，这是一种共情，十分可贵地彰显了唐诗的温度。

而比王维感触更深的，是守备边疆多年的关西老将。他停下战马，泪流不止，因为从笛声中，他听出了太多青春回忆和往事依稀，更满怀着对未来前景的忧虑——自己已身经百战，昔日麾下的士卒有的已立功封侯，衣锦还乡，可自己却像当年的苏武一样，持节守在边塞，恐怕早已被朝廷遗忘。

这首诗表达了王维对那些久戍边塞、不能回乡团圆的将士由衷的同情，其中也隐隐有对军中赏罚不公的讽刺，寓意与《老将行》中"卫青不败由天幸，李广无功缘数奇"有异曲同工之妙。

同样在《长安三万里》影片的结尾，高适与书僮提及"长安"诗歌的对话中，念到这首诗中"长安少年游侠客，夜上戍楼看太白"一句。

高适本人是边塞诗人，一生三次出塞的经历正合了这句诗所描写的内容，其一生对黎民的关怀，对现实的讽刺揭露，也与这首诗的整体内涵相一致，故而除了提及"长安"二字之外，这首诗意义也颇为巧妙。

过故人庄

孟浩然

故人具鸡黍,邀我至田家。
绿树村边合,青山郭外斜。
开轩面场圃,把酒话桑麻。
待到重阳日,还来就菊花。

> 绿树村边合,青山郭外斜。

孟浩然,襄州襄阳(今属湖北)人,盛唐伟大的山水田园诗人,有《孟浩然集》传世,今存诗210余首。他的山水诗主要写隐居山林或漫游山水的所见所感,长于表现自然山水的清幽境界,还有少部分田园诗,描写与农人共同劳动、相互交往的情景,代表作有《春晓》《与诸子登岘山》《过故人庄》《夜归鹿门歌》《望洞庭湖赠张丞相》《宿业师山房待丁大不至》等。

孟浩然在盛唐诗人中独树一帜的点在于，他是终生没有做过官的"布衣诗人"。他并不是不想做官，他也曾感慨"欲济无舟楫，端居耻圣明。坐观垂钓者，徒有羡鱼情"(《望洞庭湖赠张丞相》)，也曾叹息"不才明主弃，多病故人疏"(《岁暮归南山》)，但终因性格与机遇等原因，与仕途无缘。但也正因如此，他寄情山水，醉心田园，成为伟大的诗人，也凭借诗歌创作的成就流芳百世，这也是身处盛唐这个诗歌国度的独特成就。

孟浩然虽然是一介布衣，但与不同身份地位的诗人都有着密切的往来，也备受他们的推崇。他与王维是至交好友，与王昌龄为生死之交，李白称他"高山安可仰"，杜甫评他"清诗句句尽堪传"。他的诗歌以一个"清"字见长，景物清幽、境界清淡、语言清丽、风格清新，悠然中见出亲切质朴，平淡中愈显韵味醇厚。

这首《过故人庄》是孟浩然田园诗中的代表，写的是一个和煦的春天，朋友设下小柴鸡、黄米饭这些丰盛的农家菜肴，邀请他前去探访。刚刚来到村庄外，就看到青山横亘天边，绵延无尽，道路两边的绿树由近而远伸向前方，仿佛排着队热情相迎。来到友人家中，他和朋友打开屋门，面对着场院，进一步贴近山水自然的气息，一边吃着乡野美食，一边品着田园陈酿，诉说的尽是桑麻之类的村居故事，这种自然、朴素、原生态的气息，不夹杂丝毫污浊的凡尘气息，让人的心情无比怡悦。也正因如此，不知不觉，就到了要分别的时刻，自然也要定下半年之约，待到秋日重阳后，还来一道赏菊品茶，再续佳话。

整首诗读下来，平淡简练，但意蕴悠长，无论是诗中的景、农家的事，还是流出的自然之趣、朋友之情，都体现了孟浩然由人到诗，全方位的"清"与"醇"。

在《长安三万里》影片中，这首诗出现在高适回到宋中闭户读书之时。具体场景是高适在村边小溪畔钓鱼，一旁的孩童给他念着书中诗句，每念一句，他便重复一句，所念的便是这首诗中的"绿树村边合，青山郭外斜"。

孟浩然在盛唐一代大诗人中年龄大、成名早，故而他的诗篇流传也很广泛，加之这一句描绘的意境，与画面中高适所居的田园山庄景象十分吻合，诗中表达出的安居田园、清淡自然的志趣也符合高适此时的心境。

春晓

孟浩然

春眠不觉晓,处处闻啼鸟。
夜来风雨声,花落知多少。

解读　　这是孟浩然的代表作,也是大家从小就耳熟能详、烂熟于心的诗篇。《春晓》之所以传诵度高,不仅因为它短小简洁、朗朗上口,更在于诗中展现的悠闲安逸的状态与心境,在繁忙的生活中能带给我们格外的安然。

诗的意思非常简单,翻译过来就是写自己春天的一早睡懒觉,太阳升得高高的也全然不觉,直到到处都是鸟雀的叽叽喳喳声，才睁开惺忪的睡眼；这时，又忽然想起昨夜，朦朦胧胧之中似乎经历了一场风雨，不知吹落了多少春花。

值得我们细品的是文字背后的情感，我们常说"一年之计在于春，一日之计在于晨"，在一个春日的早晨睡懒觉，这本身就有很独特的寓意，在别人全身心奋斗的时间里，不顾一切地"躺平"。大家不要小看孟浩然的这种"躺平"，他并不是对自己的人生不负责任，而是经历了挫折之后不纠结、不内耗，仍能让自己保持积极健康的心态，这在"端居耻圣明"的盛唐时代，是非常不容易的，要禁得住世人的冷眼，要放得下心中对功名的执着，才能真的做到。

有人说，诗歌的结尾，"花落知多少"还是流露出了一丝对春光流逝的惋惜，其实不然。这里更多的是一种于世事不关心的淡然，管它花落多少，管它春光几何，在我这个淡泊一切的人心中，外物与环境的变化又有什么关系呢？

《长安三万里》影片中，李白对是否入赘安陆许氏仍十分犹豫，于是约高适一同去寻访孟浩然，探求一个答案，途中高适、李白一同念出了这首诗。

只可惜此番寻访并未见到孟浩然，只得到了他将东下扬州的消息。于是，二人急忙赶往江夏，于黄鹤楼边的渡口，看见孟浩然的行船刚刚起航。李白一路追赶,想要得到孟浩然的答复,却因距离太远、江风太大,无法听清。于是,他扯下帷幔,借高适之力竖起高杆,上书"当否"二字以示。孟浩然心领神会,也用布帛写下一个"当"字高高亮起,李白心中这才有了最终的答案。

其实,在询问孟浩然之前,李白心中大概已经有了倾向的选择,答案与这首《春晓》所传达的诗境异曲同工:不要那么在意外在的环境与变化,一切评价的标准,只取决于自己内心是否安然。对待春光如此,对待功名事业与婚姻爱情,亦是如此:只要你追求功名是为了造福百姓、报效盛世,那就不必在乎追求的过程是否会遭受白眼;只要你在这段婚姻中能得到你想要的,能真心去对待它,也就不必在意外在的礼法和世人的闲言。

所以从这首诗中,我们就已经可以判断,孟浩然那个大大的"当"字一定会飘进李白的心中。

出塞二首（其一）

王昌龄

秦时明月汉时关，万里长征人未还。
但使龙城飞将在，不教胡马度阴山。

王昌龄，字少伯，京兆长安（今陕西西安）人，盛唐诗坛的全才诗人，因其极高的诗坛影响和地位，被誉为"诗家天子"，有《王江宁集》传世，今存诗180余首。他的作品主要有边塞诗、闺怨诗和送别诗三类，特色鲜明，各得其妙，尤以边塞诗最为知名，且因七言绝句创作出神入化，而有"七绝圣手"之称。代表作有《从军行》《出塞》《长信秋词》

《闺怨》《芙蓉楼送辛渐》等。

王昌龄的人生经历十分丰富，早年隐居灞上，后漫游河北边地，开元十五年进士及第，入朝任秘书郎，后几经贬谪，流落江湖。这样丰富的人生经历，使得他与大多数诗人交往密切，建立了良好的情谊，其诗歌创作的内容与风格也极为广泛。其诗气势磅礴、境界开阔，善于概括和想象，能将丰富的意蕴融汇于短小的体制之中，且语言圆润，音调浏亮，富于民歌气息，堪称神品。

这首《出塞》就是王昌龄最著名的代表作之一，表现了对戍边士卒的同情与歌颂，表达了渴求天下太平的美好愿景。

开篇写"秦时明月汉时关，万里长征人未还"，不但对戍边将士因守卫家国而背井离乡的遭遇表达了深切的同情，更营造出了一种天地浩大与世事沧桑之感，强化了悲剧的色彩。自战国至秦汉以来，以匈奴为代表的北方游牧民族政权不断袭扰边塞，为了守护中原的安宁，统治者筑起了长城，并连年派士卒守备。万里长城上下，处处有烽火哨卡，千百年来，时时不停征戍，如此浩大的时空范畴中，该有多少"人未还"啊！更可悲的是，只要边疆一日不宁，这种悲惨就还将有人遭遇，越来越多的"人未还"正在发生。

但同时，诗人知道，这些士卒的奉献是不可或缺的，所以,他只能盼望上天降下一位李广这样的"龙城飞将",希望勇士们在他的带领下早日荡平塞北,让胡马望风而散,不敢越阴山一步,让中原不再有战乱之危,也让天下不再有离别之苦。

这首诗的情感基调虽然也很悲,但悲而不苦,悲而不怨,多的是一份悲中有壮!这也是盛唐边塞诗人独有的风骨与境界。

在《长安三万里》影片中,王昌龄也是在长安曲江酒肆出场的诗坛明星之一,"秦时明月汉时关,万里长征人未还"作为他的代表作被介绍出来。这两句诗在这里倒是没有什么特殊的寓意,但的确最能反映王昌龄的诗歌成就和特点,能体现他壮阔豪迈的气象、深沉雄浑的情思、流畅神俊的语言和博大精微的宇宙意识。

代扶风主人答

王昌龄

杀气凝不流,风悲日彩寒。
浮埃起四远,游子弥不欢。
依然宿扶风,沽酒聊自宽。
寸心亦未理,长铗谁能弹。
主人就我饮,对我还慨叹。
便泣数行泪,因歌行路难。
十五役边地,三回讨楼兰。
连年不解甲,积日无所餐。
将军降匈奴,国使没桑干。
去时三十万,独自还长安。
不信沙场苦,君看刀箭瘢。
乡亲悉零落,冢墓亦摧残。
仰攀青松枝,恸绝伤心肝。
禽兽悲不去,路旁谁忍看。

幸逢休明代，寰宇静波澜。
老马思伏枥，长鸣力已殚。
少年与运会，何事发悲端？
天子初封禅，贤良刷羽翰。
三边悉如此，否泰亦须观。

这也是一首边塞诗作，作于王昌龄早年漫游河西之后。诗歌借扶风主人之口，述说自己的边塞见闻，倾吐对于家国时局的独到见解，暗含讽喻之意，有着强烈的现实意义和担当精神。

诗歌的前六句交代背景，讲述了自己与扶风主人的相遇：那是一个日色昏暗、悲风凛冽、云凝气沉、尘埃漫天的日子，这样萧瑟凄紧的环境也映衬出了诗人郁郁消沉的心境。正是在这样的环境与心境中，他来到了扶风，坐在酒肆之中举杯浇愁，弹剑抒怀，聊以自宽。可贵的是，在这样苦闷的境遇下，他遇到了一位"知音"的扶风主人，坐下与他共饮，开怀与他对谈，倾吐心中事，不禁泪潸然，他也就有感于心，写下了这首诗篇。

其下十六句记录下的便是这位扶风主人口述的遭际：他少年投身边塞，数度征讨楼兰，常常废寝忘食，终日勤苦奋战。然而却横遭败仗，三十万大军灰飞烟灭，只身败逃长安。数年的沙场征战没有给他带来战功，只留下满身的创伤，回到家中却还要面对家乡的残破和家人的死亡，这样悲苦的遭遇怎能不让人痛断肝肠！就连一旁的禽兽见到此情此景，都会忍不住同情，为之驻足。

最后，扶风主人望向了对坐饮酒的少年，也就是诗人自己，劝勉他说：好在这一切悲剧都已过去，如今迎来了圣明时代，我还想为国家做些什么，却已经是老骥伏枥，力所不及，但你这位少年英豪不应作此悲戚之状，而应当抓住时机有所作为！天子刚刚封禅，朝中群臣也多贤良才士，一定会给国家和边疆带来新的气象！

诗中的扶风主人，可能确有其人，在酒肆之中给了王昌龄勉励，也可能只是一个艺术化的形象，是王昌龄人格中进取向上的一面，说服了意志消沉的另一个自己。

总之，在一番鼓舞之下，王昌龄奋发有为，在不久后的科举当中一举中第，更坚定执着地走上了报国之路，这也是诗歌带来的振奋人心的力量。

这首诗在《长安三万里》影片中同样出现在结尾，高适与书僮的对话当中，"去时三十万，独自还长安"原本是十分凄凉萧瑟的一句，似乎暗中总结了以李白、杜甫、高适为代表的大多数盛唐文人，怀着壮志理想投身报国的道路，最终却大多遭遇了人生的失意。但结合整首诗传达出的对于进取的勉励，我们又不得不将这首诗背后那股积极进取的态度和振奋人心的力量联系进影片当中，这些伟大诗人为了追寻心中"长安"，屡战屡败又屡败屡战的精神，正像诗中的扶风主人和诗外的王昌龄一样，给我们坚信理想的力量。

忽如一夜春风来，
千树万树梨花开。

白雪歌送武判官归京

岑参

北风卷地白草折，胡天八月即飞雪。
忽如一夜春风来，千树万树梨花开。
散入珠帘湿罗幕，狐裘不暖锦衾薄。
将军角弓不得控，都护铁衣冷难着。
瀚海阑干百丈冰，愁云惨淡万里凝。
中军置酒饮归客，胡琴琵琶与羌笛。
纷纷暮雪下辕门，风掣红旗冻不翻。
轮台东门送君去，去时雪满天山路。
山回路转不见君，雪上空留马行处。

岑参,江陵(今湖北荆州江陵)人,盛唐伟大的边塞诗人,有《岑嘉州集》传世,今存诗400余首。岑参诗歌最突出的特点就是一个"奇"字,杜甫评价他"岑参兄弟皆好奇"(《渼陂行》),《河岳英灵集》也说他"参诗语奇体峻,意亦造奇"。这种奇根植于他深入的边塞生活,和浪漫的盛世情怀。

岑参一生三度出塞,是边塞诗人中出塞生活时间最长,去往边塞距离最远的,一度深入新疆和中亚地区,因此他的边塞诗数量冠绝唐人,成就也极为突出。这些诗篇生动真切地展现边塞生活,描绘奇丽壮阔的边塞景观,表现边塞民族的独特风情,充满神奇壮烈与豪迈乐观的个性色彩。代表作有《白雪歌送武判官归京》《走马川行奉送封大夫出师西征》《热海行送崔侍御还京》等。

这首《白雪歌送武判官归京》是岑参最著名的代表作,也是最能体现其诗之"奇"的作品。诗中的"奇"可以从三个角度来理解。

第一种奇,是景象之奇。"北风卷地白草折,胡天八月即飞雪",开篇就出现了中原绝对看不见的奇异景象。八月还算不上深秋,中原很多地方暑气都尚未消退,而边塞地区竟已严寒到了风雪漫天、百草凋零的程度,不可谓不奇!

第二种奇，是想象之奇。"忽如一夜春风来，千树万树梨花开"，这是多么浪漫奇幻的比喻。身处严寒的边塞，经历彻骨的严寒，竟还能幻想是千万树的梨花盛放，若不是心中本就激情如火，腹中本就蕴含满园春意，又如何能写出这般温暖和梦幻的奇丽诗句！

第三种奇，则在构思之奇。整首诗由白雪写至送别，前半段写景，突出了边塞的寒冷和景象的奇幻，由一句"愁云惨淡万里凝"，自然地赋予眼前实景以情感寄托，十分自然地展现了离情别绪。

诗歌后半部分着眼于送别，八句之中，场景四度切换："中军置酒饮归客，胡琴琵琶与羌笛"，这是在中军帐中吹奏乐曲，为饯别的宴会助兴；"纷纷暮雪下辕门，风掣红旗冻不翻"，这是宴会已毕，送行来到了辕门；"轮台东门送君去，去时雪满天山路"，这是相送直至城门，不得不就此别过；"山回路转不见君，雪上空留马行处"，这是离别之后久久凝望，依依不舍。这种场景快速切换的布局，恰恰体现了诗人与友人送别的不舍，仿佛时光飞快，匆匆而过。

诗歌的最后两句也是千古传诵的名句："山回路转不见君，雪上空留马行处。"写自己望着空荡荡的山路，空有行者留下的足迹，却再无友人的身影。这里大家还可以思考更深一层：雪上的马行处象征着有人归去留下的最后念想，而随着风雪的继续纷飞，这些马行踪迹只会越来越淡，如同离人在生命中的渐行渐远。想到这里，诗歌的韵味便更浓了。

这首诗在《长安三万里》影片中，同样是出现在长安曲江酒肆的诗坛群英会上，作为岑参的代表作，"忽如一夜春风来，千树万树梨花开"被吟诵出来。这是他最出名的诗句，也最能体现他的诗风之"奇"。

欲穷千里目，更上一层楼。

登鹳雀楼

王之涣

白日依山尽，黄河入海流。
欲穷千里目，更上一层楼。

解读

  王之涣，字季凌，并州晋阳（今山西太原西南）人，盛唐伟大的边塞诗人。他出身太原王氏，以门荫入官，有慷慨雄才，却受人诽谤，愤而去职，漫游边塞。虽然王之涣如今只存诗6首，但成就极高，《登鹳雀楼》《凉州词》两篇代表作可谓冠绝古今。

  《登鹳雀楼》既是王之涣最为著名的代表作，也是如今流传度最高的唐诗之一。鹳雀楼位于山西永济，西邻黄河，南倚中条山，与黄鹤楼、岳阳楼、滕王阁并称"中国四大名楼"，也是其中唯一位于北方的一座。

中条山是东西走向的山脉，最西端与黄河的河岸相连，山势渐趋平缓，使得站在鹳雀楼上的诗人一眼看去，太阳的运动就好像是沿着山麓一道儿溜下了地平线，这就叫"白日依山尽"！诗人的视野随着太阳的运动轨迹，拉开了一条东西方向的坐标轴，将巍然而苍茫的景象尽收眼底。而一旁的黄河，自北向南奔流，便又拉开一条新的坐标轴，看见的是全新的景象，但也同样充满气势。这一纵一横两个坐标轴，就搭建起了壮阔浩荡的山川四野。

"白日依山尽，黄河入海流"这两句似乎已经把境界展现得大到不能再大了，但王之涣告诉你，还可以"欲穷千里目"，只要你"更上一层楼"！当然，"更上一层楼"之后"千里目"所见的景象是什么样，他没有说，估计也说不出来了，但是巧就巧在，这两句一出来，我们就必须接受一个事实，那就是比"白日依山尽，黄河入海流"更大的境界一定是存在的！因为它在逻辑上必然成立，"更上一层楼"就是会感受到更大的境界啊。这就是诗歌和文字的力量，所谓象外之兴、言外之意，奥妙无穷！

同时，在中国的文学传统中，登楼、登高这样一个行为，大多数时候是和忧愁伤怀相伴的：从王粲《登楼赋》"悲旧乡之壅隔兮，涕横坠而弗禁"开始，王勃在滕王阁上感慨"阁中帝子今何在？槛外长江空自流"（《滕王阁》）的物是人非，崔颢在黄鹤楼上深陷"日暮乡关何处是？烟波江上使人愁"（《黄鹤楼》）的归途迷茫，陈与义在岳阳楼上痛陈"白头吊古风霜里，老木沧波无限悲"（《登岳阳楼》）的国家动荡……

在这一众"登高赋愁情"的慨叹中，王之涣的《登鹳雀楼》就更显得格外标新立异、振聋发聩。他不但不觉得忧愁，竟还要"更上一层楼"，这种直面时空、游心宇宙的心境与胸怀，一定是盛世之中的大诗人才能拥有的！比如杜甫的"会当凌绝顶，一览众山小"，比如李白的"登高壮观天地间，大江茫茫去不还"，而这也是这首诗最深层的伟大所在！

这首诗在《长安三万里》影片中出现在李白、高适初登黄鹤楼之时。李白拉着高适俯临长江，感慨天地壮阔的同时，又想到长江流经了自己的家乡，于是便问高适家乡有何大川，高适对曰："黄河！"李白便吟出了这首在黄河之滨写就的名篇："白日依山尽，黄河入海流。欲穷千里目，更上一层楼。"

并为诗中的壮阔气象而由衷称道。

虽然诗歌写的是鹳雀楼,李白、高适身处黄鹤楼,一个临着黄河,一个挨着长江,但不论身处何地,诗人们"欲穷千里目,更上一层楼"的博大胸怀和高昂志向是一致的。

正如前面提到的,这两句诗的最伟大之处,就在于它一改历代诗人登高即愁的抒情传统,转而表现一种对苍茫天地、浩荡宇宙的热切期盼和探索精神,人格精神格外健康、明朗、高大、壮阔,这必然是盛世之中,伟大诗人方才能有的情怀!

那么回到影片当中,尽管此时李白刚刚遭遇行卷失利的挫折,高适家道中落,人生尚未有所起色,但正因为盛唐是伟大的时代,李白、高适也都是伟大的诗人,他们的胸中有丘壑,前途有光彩,所以当他们来到长江边的黄鹤楼,想到黄河旁的鹳雀楼,诵出这样的诗句以显胸怀,我们也就丝毫不觉得意外了。

> 日暮乡关何处是?烟波江上使人愁。

黄鹤楼

崔颢

昔人已乘黄鹤去,此地空余黄鹤楼。
黄鹤一去不复返,白云千载空悠悠。
晴川历历汉阳树,芳草萋萋鹦鹉洲。
日暮乡关何处是?烟波江上使人愁。

解读

　　崔颢,汴州(今河南开封)人,出身博陵崔氏。今存诗40余首,以宦游、边塞题材为主,诗风雄浑奔放,气势宏伟。但在这些作品中,最为出色的却是一首山水题材登览诗《黄鹤楼》,这首作品也被宋朝的严羽评为"唐人七言律诗,当以崔颢《黄鹤楼》为第一"!

　　严格意义上来说,《黄鹤楼》不是一首标准的律诗,因为它不完全符合近体诗的格律，比如"黄鹤一去不复返"，一个平声接了六个仄声，音韵十分不和谐，再比如"白云千载空悠悠"，结尾是连续的三个平声，这是近体诗需要严格避忌的声病。

但历史上对于《黄鹤楼》这首诗作为"唐人七律之第一"的评价却并没有产生什么争议，甚至连李白都不得不感叹"眼前有景道不得，崔颢题诗在上头"，这是因为这首诗的境界与思考实在太过深广。

诗歌的前四句，看似说了一堆废话，其实背后大有深意。黄鹤楼的传说源于蜀相费祎，相传他在这里骑鹤飞升，于是引得万千追随者来此，想要再度续写神话，跳脱生死轮回。只可惜，自那一次神迹之后，黄鹤再也没有回来过，无数人追求的成仙梦想，到头来不过都是一场空。只有这一座黄鹤楼还孤独地立在长江之滨，见证着千百年的荣辱兴衰、得失成败！一句"黄鹤一去不复返，白云千载空悠悠"，背后蕴含着人生、历史、天地、宇宙如此深邃的关联。

紧接着一句"晴川历历汉阳树"转得巧妙，因为它的笔力惊人！刚刚才说"白云千载空悠悠"，黄鹤楼下的沧海桑田，归根结底不过都是虚空，那么眼前的"晴川历历汉阳树"又当作何解释？它既已分明地出现在这里，又怎会一切是空？紧接着，"芳草萋萋鹦鹉洲"解答了我们的疑惑。鹦鹉洲得名于汉末的狂士祢衡，他曾击鼓骂曹，目空一切，最终被军阀黄祖杀害，葬于长江的江心，那直贯苍穹的狂傲之气，历尽百年的岁月洗礼，化作鹦鹉洲上静谧安闲的"芳草萋萋"。这就是岁月的力量，所以尽管"晴川历历"分明眼前，时过境迁也终将化为"千载空悠悠"。笔底丘壑，大开大合，让我们领略到情思的曲折回环，更见识了崔颢的惊天妙手。

最后，他伫立高楼，俯临长江，发出感慨："日暮乡关何处是？烟波江上使人愁。""日暮"催促时序，"江上"本属漂泊，"烟波"更显迷茫，在这样的环境中，却不知自己"乡关何处"，归途何方，如何能不令人愁苦？这一句诗，问出了人处天地之间最本源的问题：我从哪里来？该往哪里去？故而被誉为"唐人七律之第一"，可谓实至名归。

《长安三万里》影片中选取历史上李白在黄鹤楼感慨"眼前有景道不得，崔颢题诗在上头"的传闻，并对这首作品加以演绎和呈现。

刚刚行卷失利，在仕途上遭遇挫折的李白，本想来到文场上大展身手，在历代文人题咏的黄鹤楼上留下自己的佳作，于是要来笔墨，直接向公认最佳的篇章发起挑战！于是，这首"唐人七律之第一"的《黄鹤楼》就在千呼万唤中登场了。

李白读罢前四句，悻悻低头；高适读过后四句，如梦似幻！影片采用水墨意象对诗境进行美妙的呈现，让我们像李白、高适一样，身临其境地感受到这首作品的精妙。加之旁人对其作者崔颢"年轻、有才、出身好"的评价，又给李白带来深深的刺激。给这位傲岸不羁、年少轻狂的"青年诗仙"一个现实的教训，也为李白、高适的首次分离，立下的一年之约，埋下了伏笔。

　　正是因为这次失意对李白来讲，过于刻骨铭心，在后来的人生中，他一边不断丰满自己的羽翼，一边也不断对崔颢这首"唐人七律之第一"发起挑战：他送别孟浩然写下的《黄鹤楼送孟浩然之广陵》，在同一地点写了不同的诗体；他后来登临金陵凤凰台，写下《登金陵凤凰台》，"凤凰台上凤凰游，凤去台空江自流"，用相同的诗体写了不同的地点；晚年再度来到黄鹤楼的对岸，他又写下《鹦鹉洲》，"鹦鹉来过吴江水，江上洲传鹦鹉名。鹦鹉西飞陇山去，芳洲之树何青青"，与崔颢打起了擂台。

　　至于这些作品到底有没有超越崔颢的这首《黄鹤楼》，我们不做讨论，毕竟文无第一，见仁见智，但不得不承认，这首伟大的作品对李白内心的冲击贯穿他人生的始终，李白也用尽一生在攀登他心中的伟大高峰！伟大诗人与伟大诗作，就是在这样的不断竞技中互相成就着。

落第长安

常建

家园好在尚留秦,耻作明时失路人。
恐逢故里莺花笑,且向长安度一春。

常建,或说京兆长安(今陕西西安)人,盛唐著名山水田园诗人。长期仕宦不得意,漫游山水名胜,现存诗作不多,题材以山水游兴为主,语言凝练简洁,境界清寂幽邃。代表作有《题破山寺后禅院》《梦太白西峰》等。《河岳英灵集》的作者殷璠十分推崇常建,将他的诗作列于卷首,可以理解为将他的诗作作为整个诗集最突出的精华。

这首《落第长安》是常建初次参与科举考试，失意后所作。一般人倘若人生遭遇挫折失意，容易萌生退却归隐的念头，但常建却并非如此，不是因为家园没有好风景，而是不愿在这太平盛世做个失路之人，愧对美好时代与大好青春！倘若就这样悻悻而回，怕是家中的花鸟也会笑话他的意志不坚，故而不如再在长安奋进一载，以求明年及第登科。

这首诗虽写仕途失意，却并没有陷入自怨自艾和消沉菲薄，而是坚定信念，重整雄风，这对我们无疑也是一种鼓舞，倘若人生中遭遇短暂的挫折，也应当振作精神，总结教训，继续向目标奋进！果然，不久之后，常建再度赶考应举，终于得偿所愿了！

这首作品在《长安三万里》影片中出现在高适初入长安的情节中。

高适入岐王府献艺之前，在科举考场点名的场景中初遇常建，当然此时的二人并不相识，但处境同样窘迫。然而，转日之间，他们的情况就是云泥之别了：高适败走岐王府，失意地漫步街头；常建科场登龙门，得意地沿街探花。不料，常建的马险些与琵琶女相撞，后者被高适救下，便有了这次尴尬的相逢。

常建将手中的花送给琵琶女,并附上了自己的诗句"恐逢故里莺花笑,且向长安度一春",而后离去。这句诗却深深萦绕在了高适的脑海里,的确,这句话虽不是直接对他说的,但于他而言,却很有意义。诗中表达的不为眼前的失意而懊悔,更不应自暴自弃、放弃理想的主旨,对此时的高适是最好的鞭策与勉励,他也因此下定决心继续修炼,期待着他日也能得意地再探长安的春光!

采莲曲

贺知章

稽山罢雾郁嵯峨，镜水无风也自波。
莫言春度芳菲尽，别有中流采芰荷。

贺知章，字季真，越州永兴（今浙江杭州市萧山区西）人，自号"四明狂客"，又与包融、张旭、张若虚并称"吴中四士"。他的诗歌多为郊庙乐章和奉和应制之作，反映了盛世的辉煌气象，而写景、咏物、赠别、抒情之作，感情真率，笔致洒脱，风格明快，趣味盎然，颇有独特个性。今存诗20首，其中不乏《咏柳》《回乡偶书》等脍炙人口的佳作。

贺知章好酒，与李白为忘年之交，曾有过"解金龟换酒"的佳话，李白"谪仙人"的名号也是他所起。杜甫在《饮中八仙歌》中说他"知章骑马似乘船，眼花落井水底眠"，从中可以一窥他放浪洒脱的形象。

这首作品应当是贺知章86岁告老还乡，回到越州之后的作品。诗歌中描述了江南夏日别具风情的美景：雨雾消散后的会稽山，山势高峻，深林茂密，郁郁葱葱，一旁的镜湖平静无风，水面光亮如镜。虽然此时已经春光散尽，众花零落，但湖心朵朵盛开的莲花，所带来的美妙也丝毫都不逊色！

当然，这几句诗除了写景之外，也有人生感怀的寓意，告老还乡的贺知章，就好像"春度芳菲尽"，再也不见了青春的逍遥风采，但一生坚守清白的他，自有别样的圆满人生。一切景语即情语，于此处也并不例外。

这首作品在《长安三万里》影片中出现于长安曲江酒肆，贺知章作为诗坛明星中的璀璨一颗，吟着"莫言春度芳菲尽"亮相。这句诗虽不是他最出名的作品，用在这里却格外贴切，因为他是盛唐诗坛明星中的老者，这一句诗传达出的不因青春流逝而感伤的意蕴，尤为符合他的身份与心境。

与贺知章前后登场的还有张旭、崔宗之等人，他们同属"饮中八仙"，是长安城中以风流善饮酒知名的八位名人。他们的故事盛传于长安的街头巷尾，更因杜甫的一首《饮中八仙歌》而传诵千古。诗与酒都是浪漫的游戏，彼此也是极佳的伴侣。

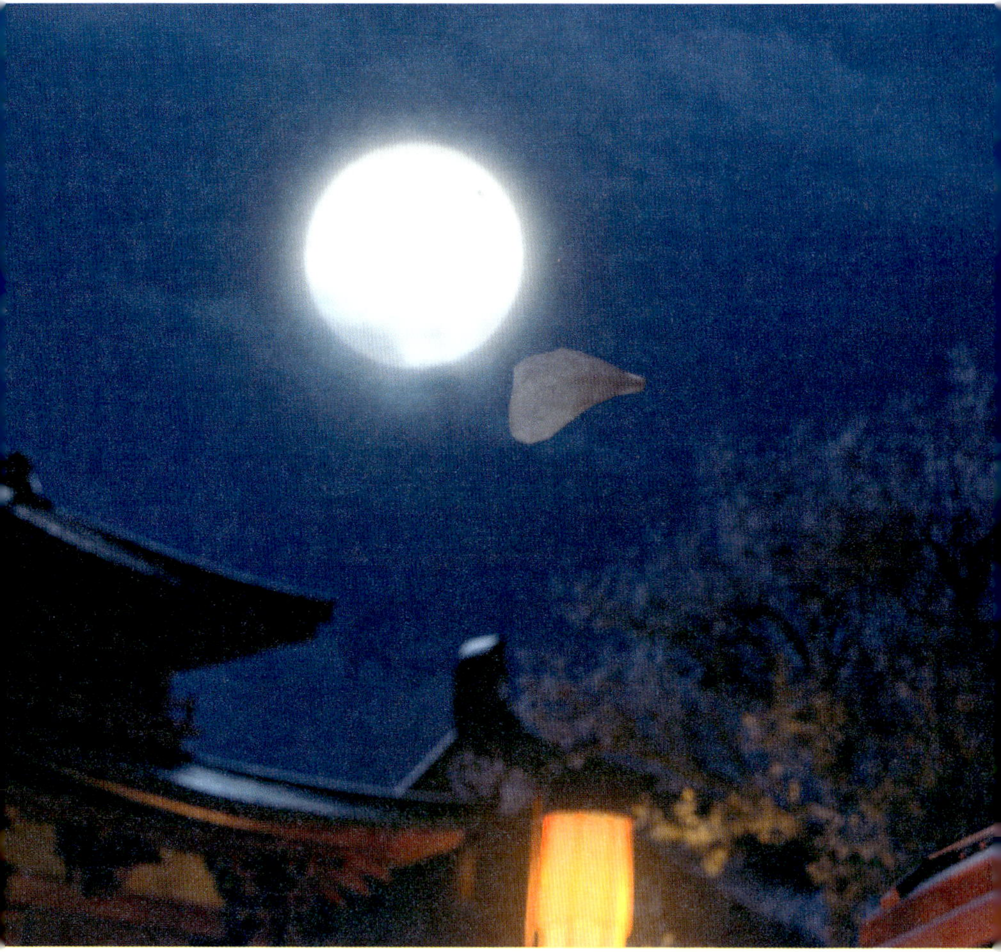

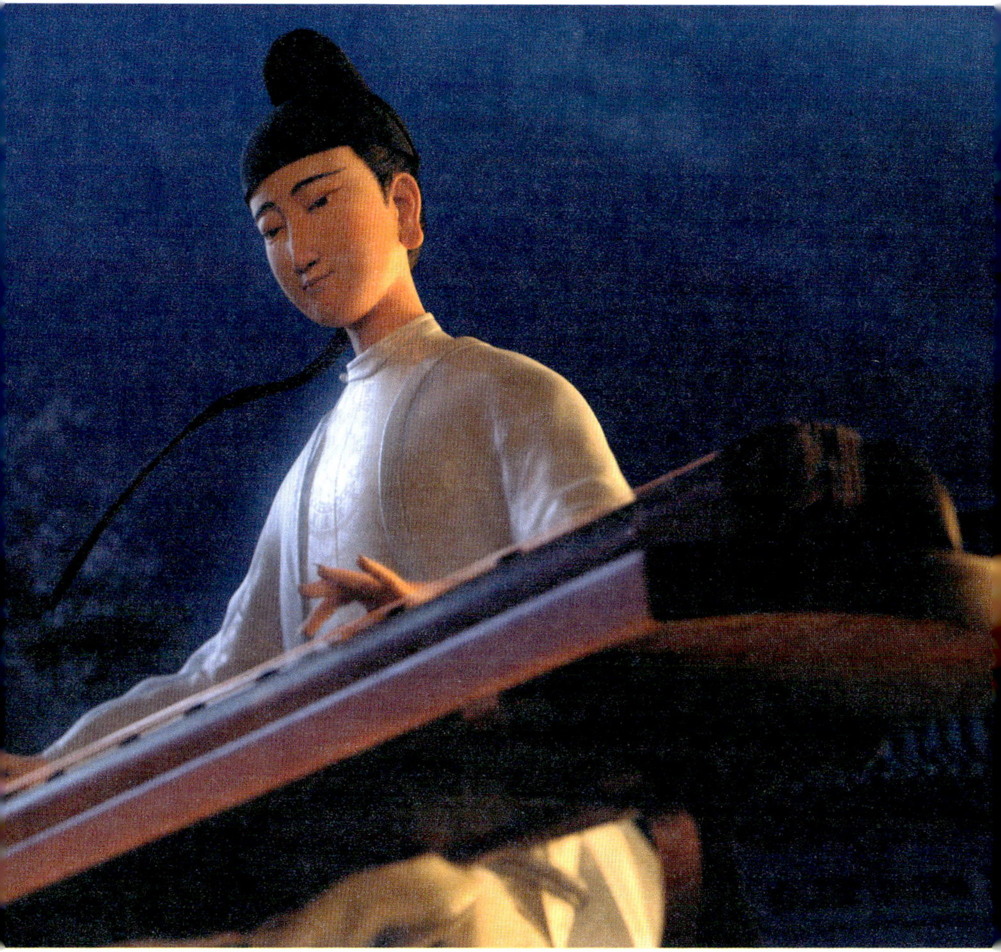

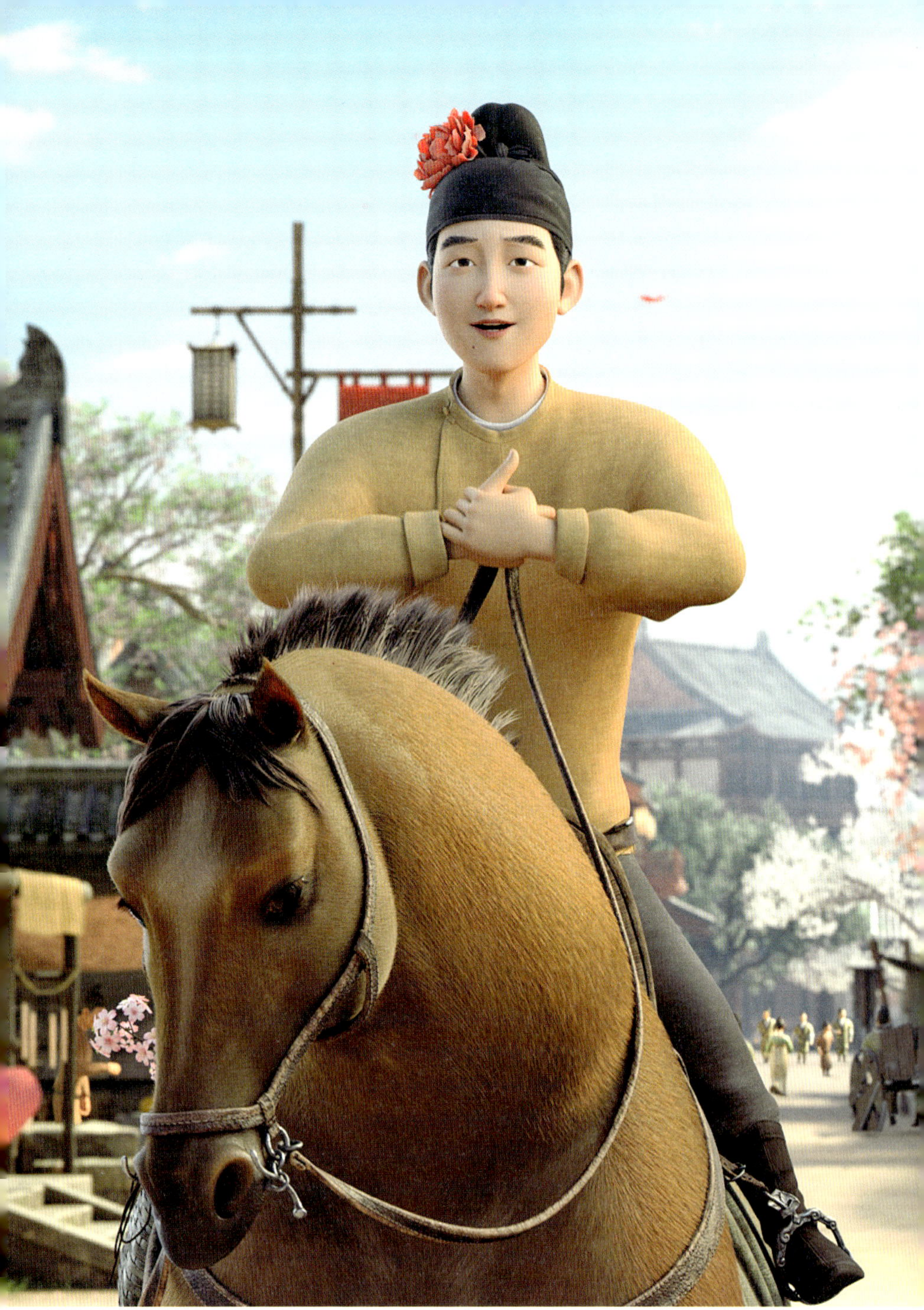

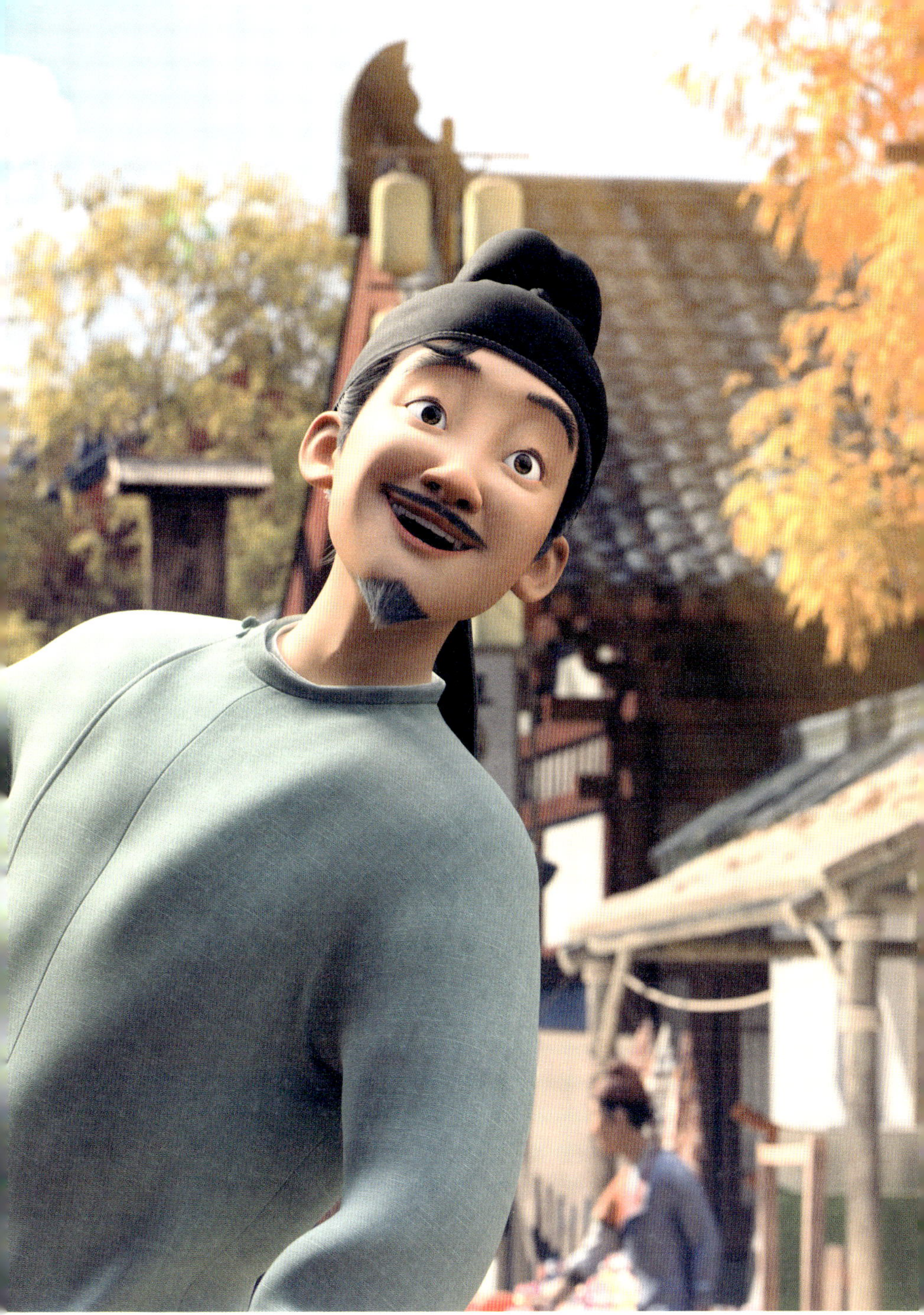

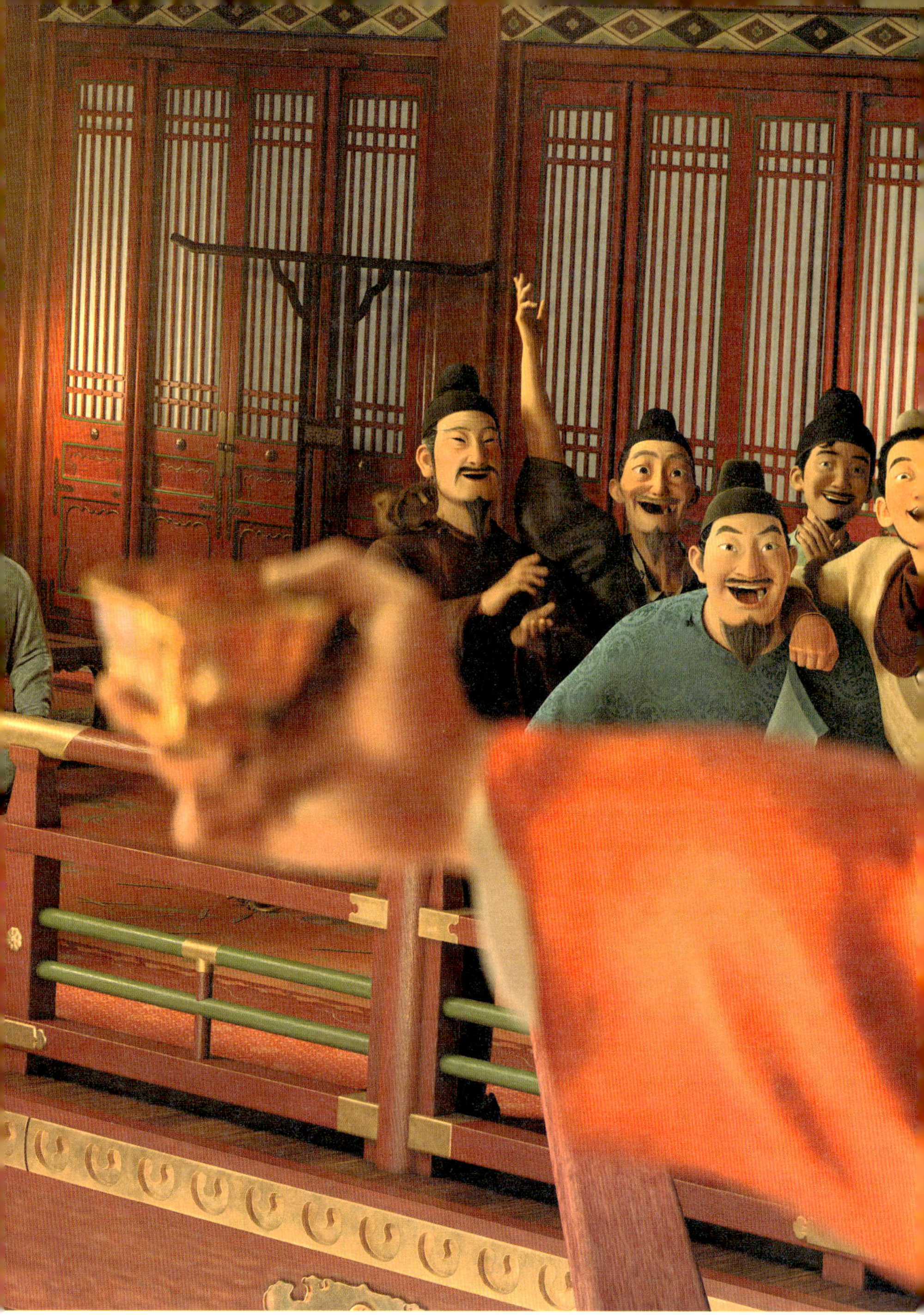

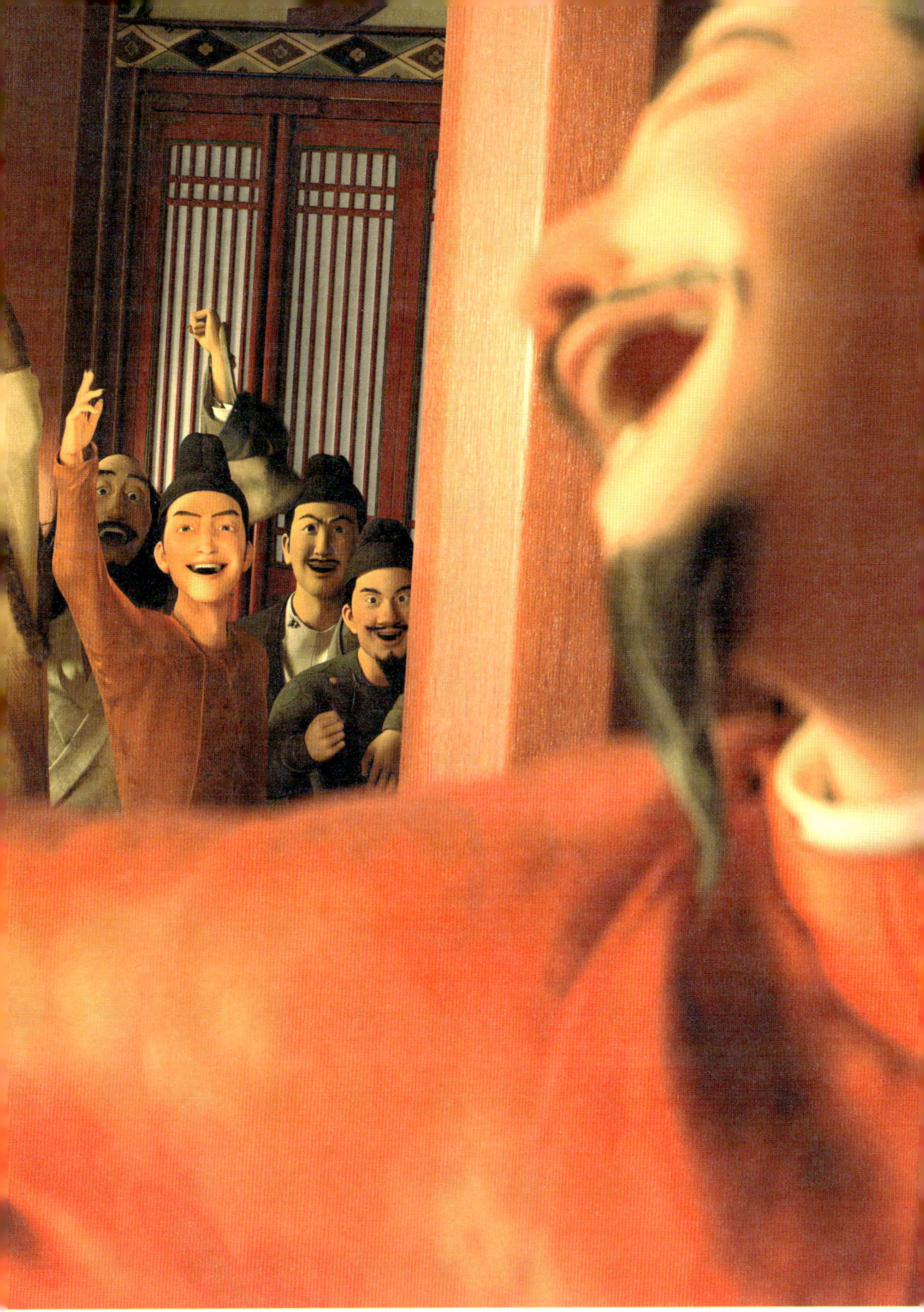

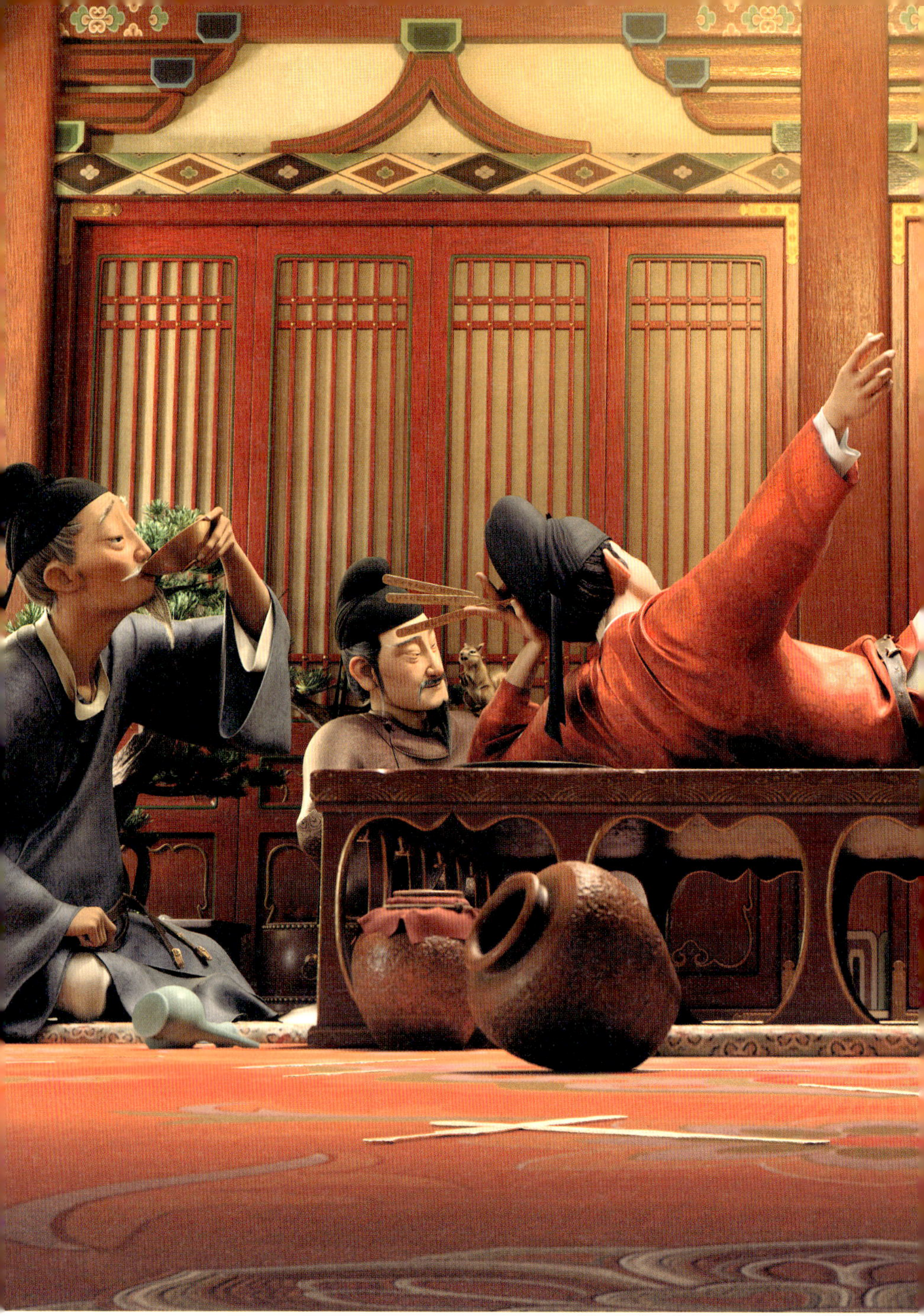

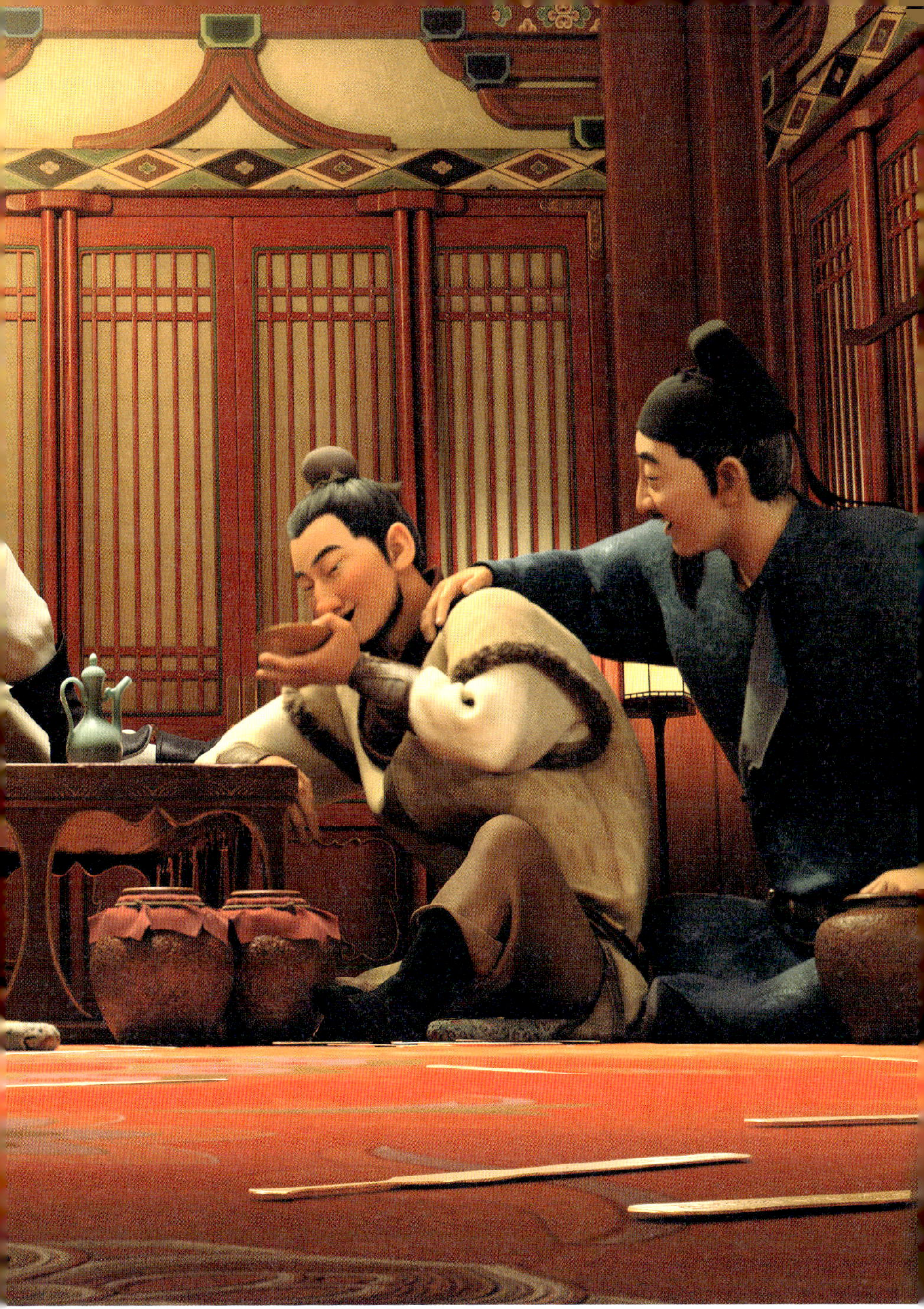

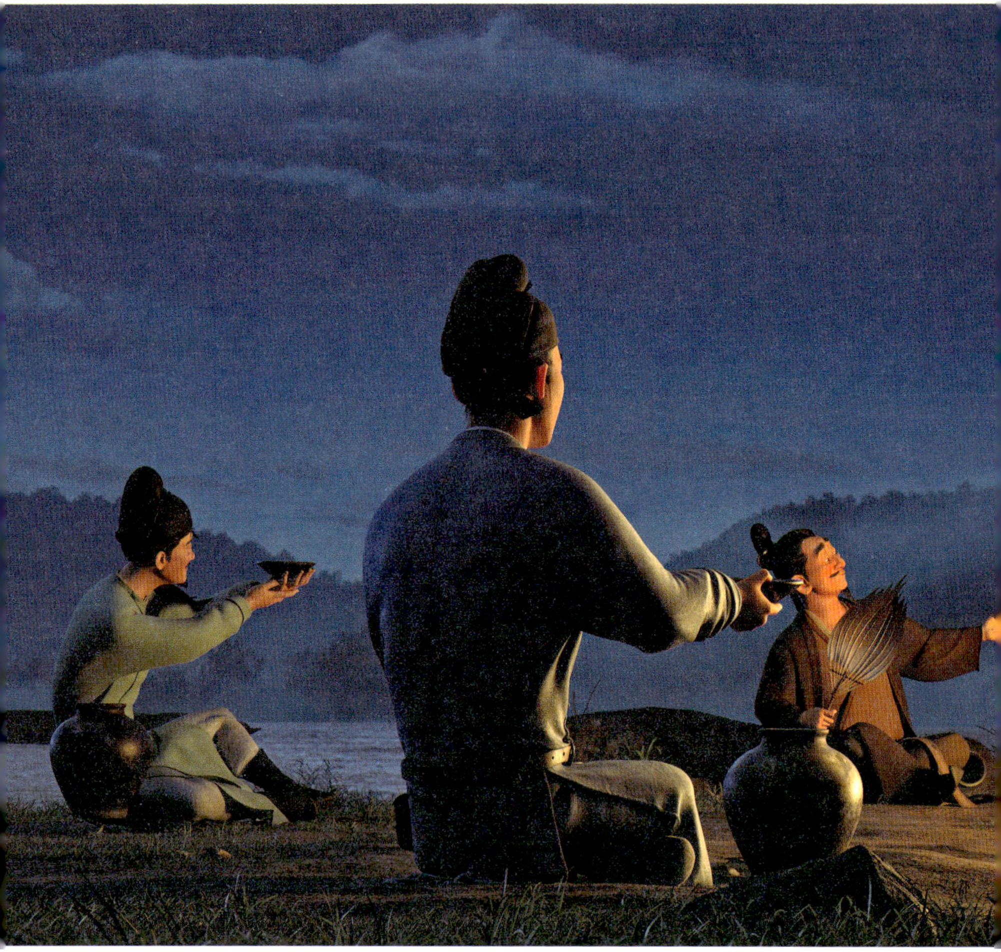

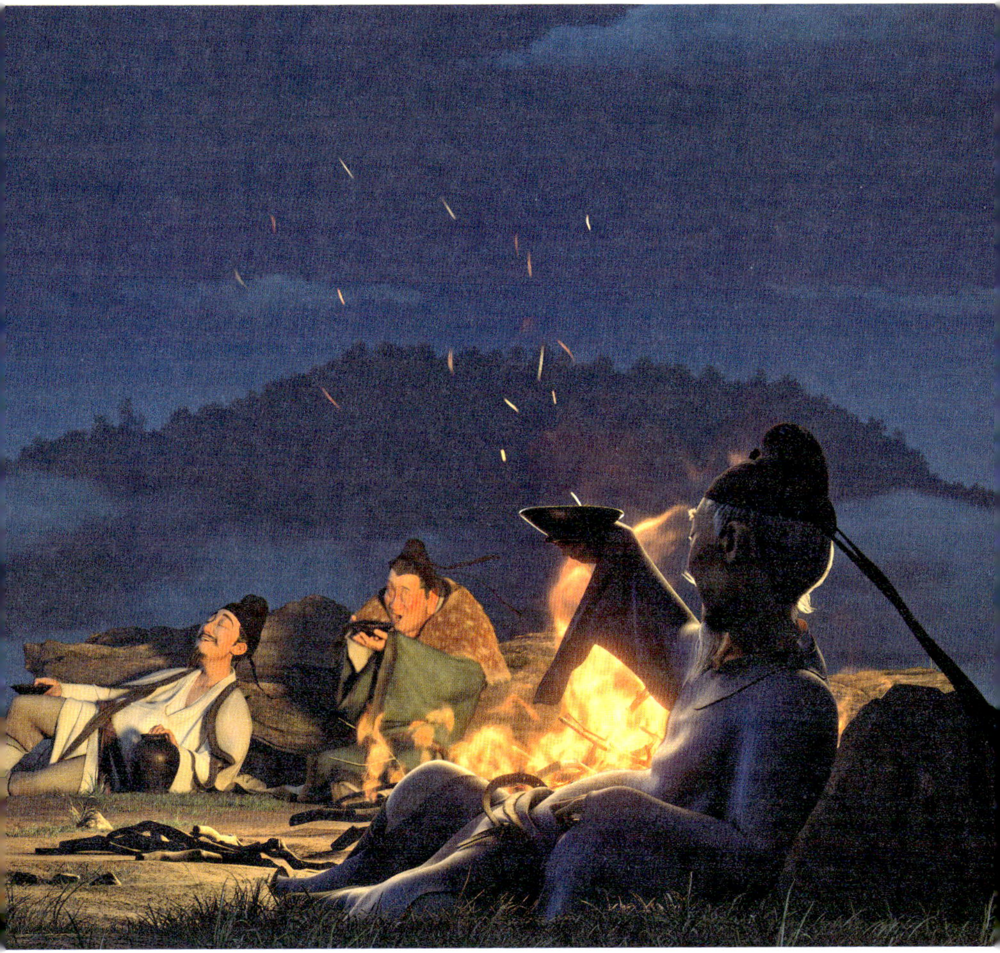

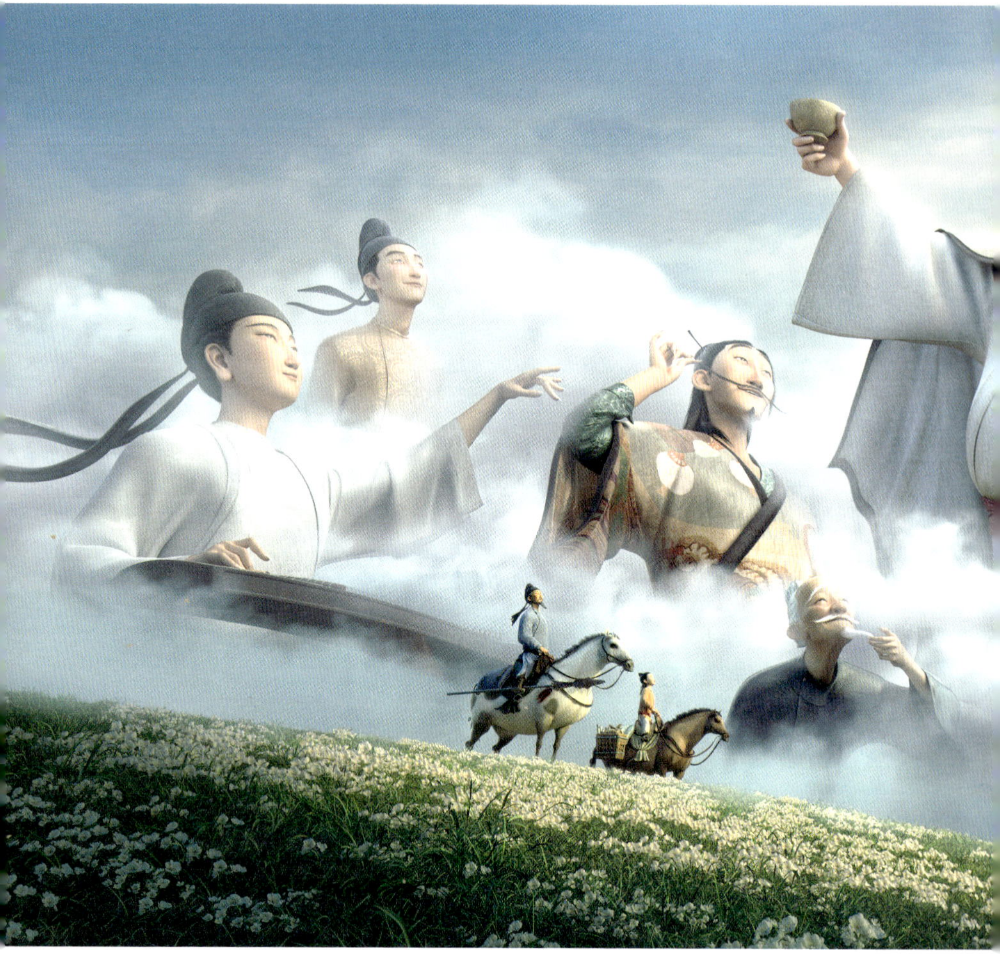

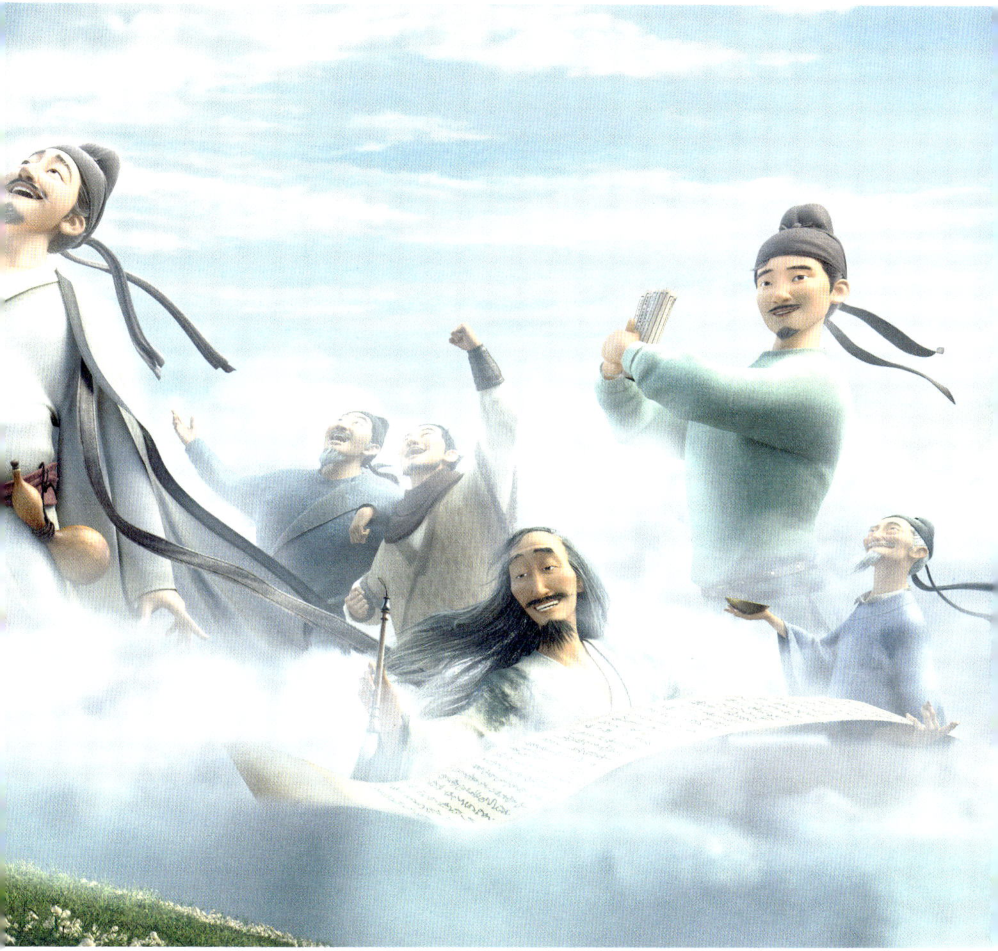

后记

自从在《新神榜：杨戬》的片尾彩蛋中看到《长安三万里》的预告片，我就对这部作品有了不小的期待，因为对于我这样一个从事唐代文学研究整十年的人来说，这里面的人和诗，这里面的故事，实在是太亲切了。

同时，作为一个年轻的学习者、研究者和教育者，我在自己的心里、书中、课堂上，也一直努力地尝试搭建起一个"唐诗的宇宙"。在这个"宇宙"里，李白、杜甫、王维、高适都不再是纸面上那充满距离感的一个个名字，而是鲜活跃动着的灵魂与人生，李白可以拉着杜甫的手去漫游，王昌龄可以和孟浩然一起忘情地喝酒。我很高兴能看到《长安三万里》做出将这个"宇宙"映射进当代生活现实的一次可贵尝试。

所以，当追光动画通过出版社找到我，想要合作这部诗集，我便毫不犹豫地应允下来，这既是出于弘扬中华优秀传统文化的公义，也不排除成就"唐诗的宇宙"的私心。于是，我受邀观看了影片。观影过程中，我始终情怀激荡，也几度感动落泪。近三个小时的剧情，不觉而过，诸多片段与情节却印象深刻。回来之后，我便结合观影时的真切感受和平日学习研究中日积月累的心得，为影片中出现的诗撰写了评注。最终与《长安三万里》影片中的精彩场景、剧照相结合，形成了这部精美的诗集。

感谢追光动画，在十周年这样一个节点上，选择将讲故事的场景给予诗国大唐，也从而让我有了这个机会将影片背后更多有价值的内容与广大爱好者分享。感谢中国唐代文学学会薛天纬老师、中国社会科学院文学研究所陈才智老师为本书作序推荐。陈才智老师更是细读全书，指正缺漏，大到学术观点，小到字词标点，使我受益良多。感谢中信出版集团杨智敏、张若依、李晓彤三位老师，在前期沟通、稿件整理审校等方面的辛勤付出，没有他们，这部诗集也难以成形。

当然，最应该感谢的，是距今千载的那个伟大时代，和李白、高适、杜甫等一批伟大的诗人。没有他们"天阶歧途""盛世逆旅"般的精彩人生，没有他们"醉舞梁园夜，行歌泗水春"的风流故事，没有他们"光焰万丈长"的耀眼诗篇，我们的文明与历史，不知将褪去多少光彩。

当《长安三万里》的片终字幕亮起，上面赫然写着"冬，李白去世；两年后，高适去世"，我再度泪目，脑海中也不断翻涌起杜甫追忆高适的一首诗——《追酬故高蜀州人日见寄》，诗的前四句写道："自蒙蜀州人日作，不意清诗久零落。今晨散帙眼忽开，迸泪幽吟事如昨。"这是杜甫在高适去世七年之后，忽然翻到他的一首作品而迸发的感慨，读其诗念其人，仿佛还一切如昨。这种感受，在杜甫去世1253年后的今天，也浮现在我的心里！

这种超越时空的人生共鸣与情感体验，大概就是我们读诗的一个重要意义！愿《长安三万里》影片和这本诗集中的文字，也能给大家带来这样的感受。

最后，欢迎大家在今后更多地走进诗歌，走进诗歌背后的故事和生命，因为那里面的世界，真的有无限精彩，等着您去探索和发现。

韩潇

附录

按照影片顺序品读"长安":

1. 《别董大二首(其一)》高适
2. 《黄鸟》佚名
3. 《上李邕》李白
4. 《登鹳雀楼》王之涣
5. 《黄鹤楼》崔颢
6. 《扶风豪士歌》李白
7. 《采莲曲》李白
8. 《相思》王维
9. 《落第长安》常建
10. 《白纻辞三首(其二)》李白
11. 《寄远十二首(其四)》李白
12. 《题玉泉溪》湘驿女子
13. 《过故人庄》孟浩然
14. 《宋中十首(其一)》高适
15. 《静夜思》李白
16. 《春晓》孟浩然
17. 《黄鹤楼送孟浩然之广陵》李白

18.《燕歌行》高适

19.《行路难三首(其一)》李白

20.《南陵别儿童入京》李白

21.《忆旧游寄谯郡元参军》李白

22.《别鲁颂》李白

23.《别刘大校书》高适

24.《望岳》杜甫

25.《采莲曲》贺知章

26.《出塞二首(其一)》王昌龄

27.《白雪歌送武判官归京》岑参

28.《前有樽酒行二首(其二)》李白

29.《梦游天姥吟留别》李白

30.《将进酒》李白

31.《侠客行》李白

32.《拟古十二首(其九)》李白

33.《赠汪伦》李白

34.《哥舒歌》西鄙人

35.《永王东巡歌十一首(选三)》李白

36.《早发白帝城》李白

37.《子夜吴歌·秋歌》李白

38.《代扶风主人答》王昌龄

39.《陇头吟》王维

40.《别韦参军》高适

41.《单父东楼秋夜送族弟沈之秦》李白

42.《送陆判官往琵琶峡》李白